應用外語 17

# 翻譯學

## { 理論 策略 方法 }

五南圖書出版公司 印行

ENGLISH

陳建民・著

# 目　次

# 第一章 翻譯理論

## 1.1 翻譯概念

　　本書以翻譯概念開場，逐步探討翻譯的理論、策略、方法，再研究句子的解讀與譯出。特別著重於中英句子的參照比對。由於文學翻譯是高難度的目標，所以探討時，會注意文體與美學的問題，同時梳理話語與文體，以及解讀與譯出之間的問題，最後會留意翻譯過程與改稿技巧。

　　翻譯是什麼？一般認為，翻譯（translation）就是把原文（source text, ST）轉成譯文（target text, TT），或原語（source language, SL）轉成譯語（target language, TL）。換言之，翻譯是轉換、詮釋、傳遞、跨界的過程，彷彿擺渡，由此岸載到彼岸。天然屏障是語言。字源上，translation的拉丁字源，是trans與ferre的結合，意思是across與to bring / to carry / to take，合起來是to carry across，把人事物擺渡過河之意。希臘字的translation是metaphrasis，等於a speaking across，就是傳譯（Kasparek 1983: 83-7）。從語意與符碼來看，翻譯把原語信息（SM/source message）轉成譯語信息（TM/target message）。轉換過程分二階段。先解碼，再重新編碼，轉成譯語/譯文（TL/TT）。兩個步驟都需譯者對語意、文化有所了解。

過程上，對兩種語言與文化背景，都要充分了解，才能完成翻譯。

　　良好的翻譯，要保留原意，譯文也要讓讀者易於接受，最好像母語般流暢，貼合生活習慣。非文學類的翻譯，主要是信息妥貼，若文化也能譯出，自是上乘。翻譯戲劇、小說、影視對話等文學類，譯者還須留意角色的語言，譯出情境之餘，少部分有時故意譯成不流暢的口語。原來為了突顯小說人物的對話粗俗，或攙雜方言，或文內敘述者刻意使用不通順的語言，譯者只得譯成有欠通順的文體。例如，英譯中小說《最藍的眼睛》，採用繁體中文，卻充塞了日常台語，藉此呈現美國早年黑人俚俗口語（曾珍珍譯，2007）。基本上，翻譯是講求準確通順，但譯文是否非通順不可，也有例外。

　　翻譯涉及多項重點，有譯者、譯作、讀者。還有時空成分，即歷史。譯作的媒介，則有口語、文字、圖式、符號等。這些重點之間的關係，也是翻譯的探討對象。所以解讀翻譯，就是分析翻譯作品、翻譯過程、翻譯轉換、翻譯方式、翻譯研究等。

　　翻譯實務的區分，有筆譯（translation, or written translation）、口譯（oral interpretation, or interpreting）、手語翻譯（sign translation）、機器翻譯（machine translation, MT）、文化翻譯（cultural translation）等。

　　俄羅斯學者雅克森（Roman Jakobson）從語言學角度區分翻譯，規劃三類（Jakobson, 1959/2012: 127）：

(1) 語內翻譯（intra-lingual translation）：是同語言的轉換，例如文言文譯成白話文。這種翻譯會有換字重寫（rewording）的情形，也會有改寫（rewriting）或重述（retelling）的特徵。

(2) 語際翻譯（inter-lingual translation）：是不同語言的轉換，中英間的翻譯、法德間的翻譯之類。從符號學看，語言都是

符號，所以語際翻譯等於改換符號，重新詮釋。口譯也是語
際翻譯。

(3) 符際翻譯（inter-semiotic translation）：是把語言轉成不同符
號，等於是語言與另種符號之間的翻譯。例如，演說轉成手
語，文本轉（兒童）繪本。既然把語言看成符號，就可轉成
電影、歌曲音樂、舞台劇、相聲、說書等，是形式轉變的翻
譯（transmutation）。

## 1.2 翻譯學的定義

翻譯學（Translatology），亦稱翻譯研究（Translation Stud-
ies），是人文學科的新領域（Harris 2009, Dec. 16）。有三個層面：
翻譯的理論（theory）、策略（strategy）、方法（method）。口筆譯
與手語翻譯都是研究範圍。翻譯研究須跨界整合，涉及比較文學、
語言學、文字學、符號學、哲學、歷史學、電腦科學、傳播學、心
理學、認知科學等。針對基礎翻譯學門，有人探討翻譯與語意，也
有視翻譯為跨界變化與過程。例如，班雅明探討純語言（pure lan-
guage），認為世上語言互相關連，共同呈現最高的純語言，所以純
語言與人間語言有別（Benjamin, 1969/2004: 75-85）。二者關係，
是翻譯的本質[1]。翻譯學已發展了文化翻譯（cultural translation），

---

1 希伯來的傳統是，神說的話被譯成希伯來聖經（舊約）。這「話/道」，在新約
時代被譯成（incarnate）肉身的耶穌基督（incarnation）。希伯來聖經若譯成
另一語言，不單是為了轉換語言而已，主要是想把上帝的話譯成不同的語言。
所以班雅明認為，翻譯是藉著語言的轉換，展現最深內涵。人間的翻譯，其
過程有如逆著巴別塔的語言分裂過程，走回頭路，使多種語言互譯（即互相關

從語言、文學、記錄敘述上，看特定文化的轉變過程（transforma-tion），亦稱翻譯[2]。翻譯應用的研究，涉及網路手機軟體、機器翻譯、多模態翻譯（multimodal translation）。

## 1.3 翻譯策略與工作

翻譯的策略，介於理論與方法之間。譯者有特定文本要翻譯，就從諸多理論，篩選最合用的翻譯原則/策略，再採用可行的翻譯方法實作。翻譯工作，有語言爲本（language-based），也有符號爲本（sign-based），不論文學作品、政商演講、新聞報導、網站手機、廣告文宣等，都可轉換與詮釋，就是翻譯。現代翻譯需要考慮多媒體。翻譯標準，也按文類的區分而有別。有文學翻譯（literary trans-lation）與非文學翻譯（non-literary translation）之分。文學類如劇本、詩歌、詩、小說、散文、影視、藝術演講，特色是呈現人文活動，反映人性的複雜變化，情感波動。其中詩歌是最正式作品，形式與內容皆講究，還要譯出意象、比喻、音韻、節奏、格式等，是難度最高的翻譯對象（湯廷池，1984: 321-74）。文學類可細分虛構（fic-

---

連），共同回歸而展現最初的純語言，即上帝的話。根據班雅明，翻譯就是把語言轉成另一語言，同時讓原語與譯語把各自內藏的純語言，都釋放出來。班雅明的想法有形上觀念，把內容與形式加以分割、對立，也有猶太背景熟悉的舊約創造、巴別塔的語言分裂等觀念。

2 例一，城鄉地景的描寫，是以文字書寫，記錄某處的生活與地貌。例二，口述歷史，是以語言敘述開始，再以文字書寫來記錄一些片段歷史。例三，民族誌學（ethnography）的作品，就是透過敘述，把某特定、抽象的民族生活文化，記錄爲文字（即翻譯）。文化翻譯就是借助語言學，以及文學範圍的翻譯觀念與方法，將文化轉變的本質加以解析、詮釋、研究。

tion）與非虛構（non-fiction）。例如，宗教講道、政治演說、商業作品、新聞報導、雜誌專題、傳記或自傳、日記等，屬於非虛構。

　　非文學類譯量越來越大，包括商業與專業文本、公文記錄、法商文件、遺囑、電器與軟體手冊、網站資訊、藥罐上用藥指示等。知性較重，偏重資訊溝通，少有美學成分，只講求信息準確、文詞通順。出版業之外，國家政府或國際組織，也需要大量的翻譯。例如，加拿大有二種官方語言：英語、法語。所有文件都是雙語。歐盟有多種官方語言，大量翻譯是常態。各國政府適應全球化，也都有大規模翻譯需要。

　　文學翻譯難於資訊翻譯。針對資訊翻譯，從市場檢視翻譯能力，譯者越來越需熟悉電腦軟體，以面對時代的資訊傳遞。若針對翻譯文學，則要求譯者有美學、修辭的素養，才能創造高級的譯文。

## 1.4 語言功能與翻譯

　　從語言功能來看，學者比勒（Karl Bühler）、紐馬克（Peter Newmark）、賴絲（Katharina Reiss）多年反思，都把文本區分三種功能，再區分三、四類文本（Newmark, 1998: 39-44; Reiss, 1977/89: 105-15）：

(1) 抒發類（the expressive function）：作者自我表現為主的語言功能。

(2) 資訊類（the informative function）：傳遞客觀信息為主的語言功能。

(3) 反應類（the responsive function）：激發讀者反應為主的語言功能。

不過，諾德（Nord）增加第四種語言功用—寒暄功用（phatic function），是人際關係互相問候的語言功用（這原是雅克森的概念）（Jakobson, 1960: 351-77）。

(1)、(2)、(3)分別呼應了「作者－原文－讀者」的架構。

抒發類，呈現作者的生命經歷，寫其心思意念及想像力。譯者須高度尊重作者的語言，才能顯示其心靈變化，其中含有象徵或比喻的嚴肅想像。

資訊類，按主題看，是科技、經貿、法政等，以知識為主的作品。按形式看，是期刊論文、報告、教科書、文摘、藥物說明等。

反應類，寫作目標在激起讀者反應，期待讀者有特定的回應與行動。廣告文宣、工具說明書、宗教講道文、競選演說等，就是這種目的。

翻譯工作有獨立作業的譯者，也有小組翻譯，指譯者群為求速度而合作。全球互動趨強，網路助長跨國越界的傳遞，隔夜速成的翻譯需求，越來越多。原文常須急速譯成多種語言，貼於多國網頁，如即時廣告、流行報導、政治宣言、說明指示等。情勢所逼，單打獨鬥的翻譯，就比不上小組或機構的團隊翻譯。為了求效率，須使用機器翻譯（Machine Translation, MT）的路線，多用翻譯軟體輔助。不過MT，前段是倚重軟體的比對翻譯，後段仍靠人工編修。

## 1.5 翻譯作品的分析架構

翻譯實務從解讀原文開始。要分析作者、作品、讀者、時空／歷史、作品、媒介。如下表：

作品亦稱文本。作品（creative works）原有創作之意，近代貶抑創造的觀念，喜用文本（text）。試圖避開作者操作之嫌，單提文字構成。其實，文本即作品。媒介，指作品的構成材料，就是文字。譯作架構亦同，如下：

原作與譯作兩架構並列（符號「－」代表關係），如下：

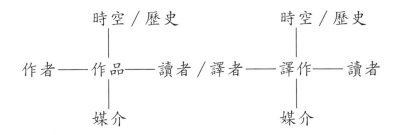

譯者有雙重身份，是原文讀者，也是譯文作者。譯者一直是翻譯實務的中心，然而現代研究考量多元關係，除了作者、譯者、文本、社會文化之外，連出資老闆的介入，都納入翻譯研究。

## 中國的翻譯理論與簡史

中國的翻譯理論，古來偏向實務指南。有五個翻譯高峰期。一、佛經翻譯，西元2-11世紀。二、耶穌會傳教士的翻譯，西元16-18世紀。三、西方學問的翻譯，西元19-20世紀。四、小說翻譯，西元20世紀起。五、社會科學的翻譯，約1980年代起（孔慧怡，2002）。

其中有兩個翻譯運動，持續至今。一、佛經翻譯。二、西方文明的翻譯。

若按歷史看翻譯運動與理論，可分三個時期。一、東漢到唐宋的佛經翻譯理論。二、明清的科技翻譯與人文翻譯理論。三、近代全球化的翻譯理論。

### 1.6 中國翻譯第一時期：東漢到唐宋的佛經翻譯

約西元148年，伊朗（古稱波斯、安息國）僧人安世高（Parthamasiris）到長安，翻譯佛經，質樸而不粗俗，是直譯的鼻祖。初期佛經翻譯，直譯派為主流，講究譯文必須呈現原文本旨，不加潤飾。不久，阿富汗（古稱月支國）僧侶支婁迦讖（Lokaksin）抵華譯經，也走直譯路線。他隔代傳人支謙，是三國時代的人，竟朝反方向發展，採用意譯派翻譯佛經，辭藻華麗，卻無法盡顯原文本旨。

### 1.7 「五失本，三不易」的翻譯

後來東晉人釋道安（314-385 AD）負責譯經機構，稱「譯場」。主張直譯，講求質樸，不依附流行文風。針對佛經翻譯，他提

出「五失本，三不易」的理論。「五失本」是翻譯時，害得本質流失的五項缺點，白話意思如下（黃邦傑，1993: 80-1）：

(1) 顛倒原文的字序來符合譯文的語法。
(2) 原文本來質樸，但當時流行華麗文辭，所以譯文不得不華麗而迎合讀者。
(3) 原文拖拖拉拉，尤其是頌讚部分，反覆再三，譯文卻加以刪減。
(4) 原文有譯注，字數上千或五百之多，盡都刪除。
(5) 原文每到一段落，就重述前文，這些也都刪去。

**「三不易」是三種不易應付的翻譯情況，白話如下：**

(1) 原文的語言出於當年時空，若要轉移到譯文的今日時空，必須刪改古雅語言，而貼合今日語言，並不容易。
(2) 世人智慧有差別，原文有作者聖賢的深奧道理，**轉換成今日**俗人的日常語言，並不容易。
(3) 當年作者一死，其貼身徒弟立刻記下語錄，還讓五百弟子反覆查驗，可是千年之後，如今卻讓一個平凡人來翻譯，並不容易。

這「五失本，三不易」的翻譯理論，以直譯為主。

## 1.8 口授、傳言、筆授、校對

釋道安推薦了一位譯經大師，是鳩摩羅什（Kumarajiva, 344-413

AD），出生於新疆庫車（古爲西域龜茲），在長安譯經，改良了譯場結構（黃邦傑，1993: 82-3）。譯場工作本有「口授、傳言、筆授」，鳩摩羅什增加「校對」，形成了四階段。他認爲前人過度直譯，遂贊成意譯，甚至傾向寬鬆的釋意法（paraphrase），或稱自由意譯法（free translation）。

　　彥琮（557-610 AD）是北齊末年隋初的僧人，寫過一篇〈辯正論〉，強調愼選原文版本，譯佛經，應選擇梵文本，要求譯者精通原文，熟悉經典及各派學說。

## 1.9 唐玄奘的國家級「譯場」與「五種不翻」

　　唐僧玄奘（602-664 AD）組織了規模龐大的國家級「譯場」（類似現代的國家翻譯部門），有系統的翻譯佛經，改善譯場，實行品質管制，使翻譯流程有了11個關卡（黃邦傑，1993: 85-7）：

(1) 譯主（全場主譯者）
(2) 證義（主譯的助手）
(3) 證文（審稿檢查解讀正誤）
(4) 度語（口頭翻譯）
(5) 筆授（記錄由梵文譯成的漢文）
(6) 綴文（整理文稿）
(7) 參譯（校對文稿）
(8) 刊定（刪去重覆文字）
(9) 潤文（修辭潤飾）
(10)梵唄（對照原文讀音，檢查譯文是否好讀）
(11)監護大使（定稿者）

　　玄奘以直譯爲主，意譯爲輔。注重原文版本，會比較不同版本，加以校正。絕不贊成節譯，並制定「五種不翻」的翻譯策略，用在佛經翻譯上。將梵文譯成漢文（文言）時，凡遇見這五種情況，不准意譯，只可音譯，於是保留了原文語音。

　　玄奘不意譯，採音譯，就是「五種不翻」的理論與策略，　重點說明如下：

(1) 秘密：例如咒語，因爲是深奧的佛家密語，所以其意義不翻。

(2) 多義：例如「薄伽梵」（有的譯爲「世尊」）有六種意涵，因爲一詞多義，所以其意義不翻。

(3) 此無：例如「閻淨樹」，因爲本地（唐朝）沒有這種樹木，所以其意義不翻。

(4) 順古：例如「阿耨多羅三藐三菩提」（無上正等正覺），歷代皆採音譯，就沿用前人習慣，所以其意義不翻。

(5) 生善：例如般若（智慧）、釋迦牟尼（能仁），其意譯容易讓人輕忽內涵，音譯比意譯更能讓人存有尊重的心，所以其意義不翻。

　　玄奘的譯文生澀艱硬，不像鳩摩羅什的翻譯，通俗好讀（胡適2013）。玄奘的翻譯理論，是針對佛經漢語的文言文翻譯，綜合直譯、意譯、音譯的路線，最特殊的是，強化音譯的功用。翻譯時，考慮語法，也斟酌文字的使用、修飾、刪減、增補等。後人都跳不出他爲佛經翻譯制定的理論。直到明清，才有新翻譯理論出現。

## 1.10 中國翻譯第二時期：明朝的科技翻譯、清朝的人文翻譯

明朝後期，西國傳教士在中國與本地知識份子合作，翻譯了科學書籍，包括數學、物理學、採礦冶金、軍工技術、解剖生理等科技作品。利馬竇與徐光啓合譯的《幾何原本》與《測量法義》，目前所用的平面、直線等術語，仍沿用他們的譯名。因爲偏重科技與思想等實用翻譯，翻譯理論上並無進展。

有趣的是，清朝的林紓（1852-1924）本人不懂外文，卻是文學翻譯的始祖。一生共譯170多部西方文學作品，包括了小說《巴黎茶花女遺事》（*The Lady of the Camellias*）、《塊肉餘生述》（*David Copperfield*）、《王子復仇記》（*Hamlet*）、《撒克遜劫後英雄略》（*Ivanho*）、《黑奴籲天錄》（*Uncle Tom's Cabin*）等。只是林紓不諳外文，沒有發展任何翻譯理論。

嚴復（1853-1921）是清末翻譯家，其譯作《天演論》（*Evolution and Ethics*）（作者是英國生物學家赫胥黎Huxley）寫了幾行序文，提出「信達雅」見解，竟成了中國近代最著名的翻譯理論。信是忠實，達是通順，雅是美感。流傳至今，信達雅眾所皆知，卻已淪爲粗糙早期翻譯概念了[3]。近代翻譯理論也從語言、符號、文化的角度

---

3 嚴復的自序：

譯事三難：信、達、雅。求其信已大難矣，顧信矣不達，雖譯猶不譯也，則達焉。……譯文取明深義，故詞句之間，時有所顛倒附益，不斤斤於字比句次，而意義則不倍本文。

……此在譯者將全文神理，融會於心，則下筆抒詞，自然互備。至原文詞理本深，難於共喻，則當前後引襯，以顯其意。凡此經營，皆以爲達，爲達即所以爲信也。

探討，議題多元，信達雅原是嚴復描述翻譯困難之用，已難以招架翻譯理論、策略、方法上的問題。

## 1.11　中國翻譯第三時期：全球化情境之自我文化考量的現代翻譯

　　目前網路、雲端、手機等新媒體興起，全球化文明發展中，中國翻譯學門頓時開放，必須建立本土的翻譯理論，是中國翻譯的第三時期。

　　面對西方的翻譯理論，華語翻譯必須處理中西在語言與哲思的根本不同。西方的認知，以形上哲學衍生的二元對立爲根基。中式認知，以心爲本，出於儒佛道的共同思維。目前的本土路線，以心爲本的認知，有新儒家的「境界哲學」最爲方便使用。例如，學者唐先生已提出心靈境界的論述，藉以平衡形上哲思的模式（唐君毅，1986）。語言方面，也有曹先生開關了中文句構的主題與評論（topic-comment），藉以彌補主語與述語（subject-prdicate）的主客對立。語言學家Halliday，對漢語有研究，討論語法時，說句子有三層功用：心理的、文法的、邏輯的。這可與中文句子主題評論，互相呼應（Halliday, 2014: 76-82, 4$^{th}$ ed）。簡言之，不以形上爲本，以心爲本，解讀中文的語言與文學，考量語言與心的關係，則可能產生的現代的翻譯理論。

---

　　《易》曰：「修辭立誠。」子曰：「辭達而已。」又曰：「言之無文，行之不遠。」三曰乃文章正軌，亦即爲譯事楷模。故信達而外，求其爾雅……。實則精理微言，用漢以前字法、句法，則爲達易；用近世利俗文字，則求達難。往往抑義就詞，毫釐千里。審擇於斯二者之間，夫固有所不得已也，豈釣奇哉！

## 全球重要的翻譯理論

　　全球化下各種翻譯理論互相交流，底下是一些重要的翻譯理論。

## 1.12 開場白：直譯與意譯的對抗理論

　　20世紀前，翻譯理論的辯論，繞在三種譯法上（Munday, 2012: 29-36）：

(1) 直譯（literal translation）
(2) 意譯（free translation）
(3) 忠實譯（faithful translation）

　　直譯，是字對字的翻譯。意譯，是意對意的翻譯。何者優？歷代爭論不休。從BC一世紀的西塞羅（Cicero）開始辯論，講求意譯。中國與阿拉伯的古老翻譯傳統，也曾爭論直譯與意譯。這情勢延續二千年，直到近年，語言學概念盛行，新翻譯理論隨之崛起，派別極多。討論的課題是翻譯的「忠實」（faithfulness）與「準確」（accuracy），也就是爭論形式與內容何者重要。

　　1680年，英國詩人德萊登（John Dryden）提倡的三種翻譯路線（Dryden, 1680/1992: 17-31）：

(1) 形式翻譯（metaphrase）：逐字逐行的翻譯，與直譯互相呼應。
(2) 意譯（paraphrase）：專注於原文作者的本意（sense），而

不是死板的跟從原文的字詞（word），這種翻譯接近意譯及
忠實譯。

(3) 模擬（imitation）：不在乎原文的本意或字詞，只是要自由
的翻譯，略似改寫（rewriting）與改編（adaptation）。

德萊登的理論偏向詩歌翻譯，頗推崇意譯（Schulte & Biguenet
eds. 1992: 17-31）。

## 1.13　新方向：語言的意義與對等

1797年，英國翻譯理論家泰勒（Alexander Fraser Tytler）注重
對原文忠實，也要讓譯文讀者獲得良好感受，遂提出翻譯三原則
（Tytler, 1797/1997: 208-12）：

(1) 譯文應該譯出原文完整的思想重點。
(2) 譯文的文體與字句特徵應該與原文質感相同。
(3) 譯文應該展現原文的優雅流暢。

1813年，德國神學家、翻譯家施萊馬赫（Schleiermacher），
針對譯者的心態，提出了幾點見解，影響甚鉅（Schleiermacher,
1813/2012: 43-63）：

(1) 譯者有二種，文本也有二種：一、商業文本的譯者，二、藝
術文本的譯者。他認為藝術文本的譯者，創造性比較高，可
以為語言注入新生命。

(2) 翻譯須超越直譯與意譯，所以只有二個方向：一、幫助譯文讀者親近原文作者—這是異質化策略（alienating，稱「異化」）。二、幫助原文作者親近譯文讀者—自然化策略（naturalizing，稱「順化」）。

(3) 譯者須採用特殊的「翻譯語言」，以處理某些難以傳達的異國本質。

　　施萊馬赫的翻譯理論探討文本類型與譯者，近代賴絲（Reiss）發展了依文本類而設計的翻譯策略。異質化策略與自然化策略，後來有韋努提（Venuti）發揚光大，變成異國化（foreignizing）與本土化（domesticating）。「翻譯語言」的課題，後來有班雅明深化論述「純語言」。施萊馬赫認爲翻譯涉及詮釋，這觀念在近代有史坦納（Steiner）拓深，成了詮釋學的步驟（hermeneutic motion）。

　　語言學介入翻譯理論，20世紀中段，有雅克森提出語內、語際、符際三種翻譯類型（見1.1）。後來奈達（Nida）探討意義（meaning）、等值（equivalence）、等值效果（equivalent effect），把翻譯焦點從原文是否譯得準確，轉成譯文是否貼合讀者的閱讀感受。

　　奈達對於現代聖經翻譯的理論和實踐，貢獻重大。他主張「形式對等」（formal equivalence），強調譯文在字句、字序上，都應盡可能與原文對應。實際上，兩種語言差異很大時，採形式對等的譯文反會僵硬模糊。於是奈達再提倡翻譯的「動態對等」（dynamic equivalence），認爲只要譯文表達原文信息，字序自由變動是可以的。奈達長期研究聖經翻譯，強調讀者閱讀是爲了感受靈性成分，並不著重形式對等。

奈達的「動態對等」，似乎強調「內容為主，形式為次」。引起諸多誤解之後，奈達修正翻譯理論，改稱「功能對等」（functional equivalence），講求內容與形式皆要對等（Nida 1964）。

再來是紐馬克（Newmark），偏向實務經驗而探討翻譯。他脫離奈達注重讀者的感受，轉而區分語意翻譯（semantic translation）與溝通翻譯（communication translation）。紐馬克看重語境，認為語意與溝通若有衝突，他會拋棄語意翻譯，投向溝通翻譯（亦稱交際翻譯）。

## 1.14 探索翻譯過程的翻譯理論

有些語言學者探討翻譯過程（translation process），觀察原文轉換譯文時，出現了何種語言變化，並加以分類。於是「語言轉換模式」便成了翻譯理論的新焦點。

1958年維奈（Vinay）與達貝內（Darbelnet）出書，從文體分析的角度，提供了語言轉換的七種手續，或謂七種方法（Vinay & Darbelnet, 1958/2004: 128-37）：

(1) 借用（borrowing）：直接使用原文的字詞，放進譯文。例如日譯中，直接把日文的漢字「物流」放在中文譯文內。這種情況下，原文與譯文兩者的字面相同。

(2) 語義轉借（calque）：借用原文的表達方式或句構單位，全盤移轉到譯文。例如丟臉，譯成lose face。英文的point of view，直接轉為法文的point de vue。若兩者意義相同，最好。萬一字面相同，但意義不同，就稱作false friend；例如，日文的漢字「勉強」，若轉移到中文譯文，這勉強就不

是勉強了，因為日文本意是「學習」。

(3) 直譯（literal translation）：指字對字的譯法。條件是，這兩種語言的語系與文化，必須極為相同，才會有效。

(4) 詞類轉換（transposition）：例如，動詞轉名詞，副詞轉動詞，卻能保持意義不變。

(5) 調節或稱微調（modulation）：例如，it is very good調整為「很不錯」。at the moment when譯為「就在那關口」，「就在那節骨眼」。when本是時間，卻轉成了空間或比喻。又例如，the time when譯為le moment ou，就是把時間的when調成空間的ou。

(6) 相等（equivalence）：使用不同的文體、不同的句構單位，來展現同樣的意義與內容。最常用在成語、格言等翻譯上。

(7) 改編（adaptation）：通常遇到了原文文化和譯文文化，差異較大時，必須改編。例如白衣在中文有悲傷的意涵，但在英法文，卻有高貴聖潔的意義。譯者必須在譯文轉換時，考慮這種文化差異而自行改編。

這些談論是專注在英法兩語言的比對，若用在中英語之間，就須另外考量。

1965年卡特福提出了翻譯轉換（translation shift）的術語。他講究語言溝通的動態功用，特別提供了兩種轉換方法（Catford, 1965/2000: 73-82）：

(1) 層次轉換（level shifts）：比如，原文是靠文法層的呈現，在譯文卻譯成了單字層。這些層次是指，語音層、語形層、語法層、單字層等。

(2) 類別轉換（category shifts）：類別是指句構切割、詞類、單位階級、數字或冠詞之內在系統等。可分四種轉換——

① **結構轉換**（structural shifts）：例如英文的I eat hamburgers. /「主詞—動詞—受詞」，轉換成菲律賓文Kakain ako hamburgers.（直譯成中文是：吃我漢堡。）/「動詞—主詞—受詞」。在中文可以是「我吃漢堡」/「主詞—動詞—受詞」，也可以是「漢堡我吃」/「受詞—主詞—動詞」。所謂結構，其意義在語言裡，是指句子的成分。

② **詞類轉換**（class shifts）：例如happily ever after轉成「從此過著快快樂樂的日子」。副詞happily轉成形容詞「快快樂樂的」。

③ **單位／階級轉換**（unit / rank shifts）：句法上的單位／階級，有句子、子句、片語、單字、單字內元素。翻譯時，不同的單位／階級互相轉換。

④ **內在系統轉換**（intra-system shifts）：例如英文的is/are是連接詞，在中文「是」除了連接詞功用之外，還有心理上的強調意義。英文的a/an數量詞，中文的數量詞通常不譯出，可是必須譯成文字的話，就依物品名稱的不同或尊敬語氣的不同，轉換為一個、一位、一條、一團、一本等等。

　　卡特福的結論是：「翻譯內涵等值」和「形式工整相應」，二者不會完全貼合。

　　這看法頗受質疑。因為原文內涵的判斷，是基於溝通情境。而且讀者的解讀，也受限原文當初的功用、關係、情境、文化等。卡特福的研究只針對句子，並未考量句子之上的翻譯，並未探討句與句、段

落、篇章，以及全文的翻譯問題。

1963年捷克的學者李衛（Jiri Levy）發表一書《翻譯的藝術》（*The Art of Translation*），探討文學翻譯。1969年譯爲德文，2011年才有英譯本。他擅長比對ST和TT的表面文字，並專心研究詩的翻譯。認爲文學翻譯不只是複製的工作，也是創意的功夫。翻譯目標就是呈現相等的美學效果（equivalent aesthetic effect）。於是跳出一個議題：如何達成「文體轉換」（stylistic shifts）。文學翻譯須注意譯文與原文的文體特徵，分析譯文如何呈現原文的文體特點，也分析譯者在譯文，如何展現自己的文學創作，如何選擇自己偏愛的文體特點。

1994年雷得荷（Lederer）從內心認知看翻譯。她主要是探究研討會的口譯。提出翻譯三段過程（Lederer, 1994/2003：97-8）：

(1) 細讀與了解／解讀（reading and understanding）：譯者使用語言能力及世界知識，來捕捉原文的意思。原文引起之明的或暗的推論，都要抓到。

(2) 去文字化／心境化（deverbalization）：譯者內心會有領悟與體會，不是創建於字句，而只是累積的一種感受的意識。

(3) 再表達／再現（re-expression）：譯者依據內心所得的感受意識，重新展現爲譯文文字形式。

後來有學者增加了第四段過程（Delisle, 1982/1988：98）

(4) 確認（verification）：譯者回頭，再評估譯文的優缺點。

上述翻譯的三段過程，表面上是奈達早期翻譯模式的翻版：分析（analysis），轉變（transfer），再造（restructuring）。實質上，雷得荷的翻譯模式是強調「去文字化／去心境化」的認知過程（deverbalization）。譯者認知確是翻譯的重要環節，但是極不易採集資料。

## 1.15 目的論（skopos theory）：動態考量的翻譯理論

翻譯理論先是著重原文譯文的分類與比較。分類是靜態的。1970-1980年間，德國興起了「語言功用」的翻譯理論，這就偏向動態了。

賴絲的研究，脫離單字與句子的溝通功用及對等，轉往文本。1977年，她立足於語言功用，探討四種文本：訊息文本（informative text type）、表現文本（expressive text type）、操縱文本（operative text type）、視聽文本（audio-medial text type）。再依不同文本，提出配套的翻譯策略（Reiss, 1977/1989: 105-115）。賴絲的研究，所增加的視聽文本，又稱輔助媒介文本（supplementary medial text type），主要是字幕（subtitle），其功用是配合影視、動畫、圖片等，翻譯時須嚴守規格，有行數與字數的限制。

霍茲－蔓塔莉（Holz-Manttari）認為，人的翻譯行為都是目的導向的人類互動。翻譯過程是要傳遞整體訊息，其中包含文化成分的轉移（Holz-Mänttäri, 1984: 78; Munday, ed. 2012: 120, 315）。1984年，維米爾（Vermeer）與賴絲共同出書，提倡「目的論」（skopos theory）。探討(1)翻譯作為，以及(2)翻譯目的。本書前半，探討維米爾的目的論。後半，發表了賴絲的特殊理論，指稱文本有不同的語言功用，須依據不同的目的去翻譯。

翻譯行為，是從ST轉到TT，參與其中的人很多，如下（Holz-Mänttäri, 1984: 109-11; Munday, ed. 2012: 120-21）：

(1) 發起人（the initiator）：啓動這個翻譯案的人或公司。

(2) 中間人（the commissioner）：和譯者接洽的編譯代理者。

(3) 原文作者及出版商（the ST producer）：作者及負責銷售這份原作的出版公司。

(4) 譯文譯者及代理商（the TT producer）：譯者及負責行銷這份譯作的出版公司。

(5) 譯文使用者（the TT user）：該譯本的使用者，例如，譯本是教科書，就是教師在使用這譯本教學之用。若是銷售目錄及文宣，則是拿著該譯本目錄及文宣在推銷的業務代表。二者都算是譯文使用者。

(6) 譯文接受者（the TT receiver）：例如，學生在課堂上研讀這份譯文，或客戶在閱讀這份譯本文宣目錄。

　　每一份原文都有翻譯目的，譯者的翻譯行爲必須遵行一些法則，如下（Reiss & Vermeer, 1984: 119; Munday, ed. 2012: 122-23）：

(1) 一份譯文（TT），根據出版目的（skopos）而成形。

(2) 一份譯文所提供的資訊，出自原文語言，與原文文化密切相關。這譯文是以譯文語言寫成，翻譯時也處處考慮譯文文化。

(3) 一份譯文不可能清楚回譯成原文，而提供原樣資訊。

(4) 一份譯文應該是內部統合連貫。

(5) 一份譯文的內容，應與原文互相貫通。

(6) 以上五點的重要程度，由(1)到(5)，依序排列。但第一點之目的法則，統管其餘法則。

　　總之，目的論的目的，不是針對譯者，而是針對老闆，指老闆的目的。從選書、挑譯者、翻譯實務、出版行銷等過程上，是牽涉多人，但背後操作的老闆之目的才是重點。這就是翻譯目的論（translation skopos theory）的核心觀念。老闆的目的影響了翻譯策略與方法，以及所有社會與商業行為。

　　目的論也有缺點。1977年的諾德，1998年的夏芙娜，分別出書，都提到了缺點（Nord 1997: 109-22; Schaffner, ed. 1997/2001: 235-38）：

(1) 目的論只適用非文學類的文本。因為文學文本並無特定目標，其文體也相當複雜。不過維米爾強調，文學文本有雙重目標：一、譯者定義，把原文譯成富有藝術價值的譯文。二、也是商業考量，要取得專利版權，行銷賺錢。

(2) 賴絲的文本分類，和維米爾的目的論，差異極大，不該並列討論。問題是，原文文本類型，到底能決定多少翻譯方法？原文文本類型和翻譯目的論，二者的本質有何相干？

(3) 維米爾發明的術語translatum，指任意的一個譯本（a TT）。這術語對翻譯理論並無任何功用可言。

(4) 目的論並未探究原文的語言特質，也不管譯文的細微特徵。就算用上了，也無法應付各片斷的文體、語意現象。

　　賴絲的翻譯理論，從文本功能區分文本類型，再依據功能篩選翻譯策略。維米爾則轉向譯者的翻譯實務，說一切翻譯行為都是目的導向，可從社會與商業行為來解讀。他強調翻譯目的會左右翻譯策略。諾德也強調文本功能與社會情境的翻譯行為，並從語言功能講求細膩的分析文本。這些統稱文本功用的翻譯理論。

## 1.16 從語言功用設計的翻譯理論：對話、語域的分析

韓禮德（Halliday）探討功用語法（Functional Grammar），刺激了翻譯觀念。許多研究者開始進行話語分析（discourse analysis）、語域分析（register analysis），藉此探討翻譯。

話語分析的話語，就是discourse。這discourse指對話或論述。話語分析就是從整篇對話，來分析擇字用詞、言語來往的關係，也分析說話者的角色，指出說話者的談話，深受對談者、當下情境、說話時次序（開場、輪流、結束）之影響。

語域分析的語域，就是register，這語域register指相同職業、相同專業領域的人，所使用的語言。其中包含了該行業特有的語言，俗稱「行話」。register也可說是語言層次。韓禮德討論翻譯時指出兩個觀點（Halliday, 2001: 13-4）：

(1) 意義（meaning）：語言學者的關注點。
(2) 價值（value）：翻譯者的關注點。

學者看翻譯，一定是注意語意（semantic），所以會特別監視資訊上的意義（meaning）。可是翻譯者是實務工作的人，必然看重價值（value），就是文本所蘊藏的文化與藝術的價值。

然而這兩種人看翻譯，都會考慮到等值（equivalence）的問題。一旦談等值，就應先有一套衡量標準。這套標準若從語言來尋找，就比較可能成形。韓禮德建議從語言的功用找起，可以很容易找到三個指標（Halliday, 2001: 15-7）：

(1)（語言）層次（stratification）：例如，語音層、語音系統層、字詞層、語意層。

(2)（語言）基本功用（metafunciton）：例如，個人自我意識的、二人之間關係的功用、文本的功用（供眾人用的文本功用）。

(3)（語言層次上的單位）等級（rank）：例如，複句、子句、片語、詞組、單字、字素。

　　翻譯時，若考慮語域，那麼解讀一段對話，必須考慮多層面。首先考慮基礎層，就是對話本身的語意（discourse semantics）。再由基礎層向內推進，可深入單字與文法層（lexicogrammar）。從基礎層向外延伸，則遇見語域層（register）。再向外走，則是語言類型層（genre），更向外，則是社會與文化層（sociocultural）。若使這些層面排隊，則如下：

單字文法→對話語意→語言層次→語言類型→社會與文化

　　很明顯，在上面行列裡，讀者角色並不是重點，所以郝絲（J. House）的翻譯路線，就捨棄了讀者導向，轉而重視原文與譯文的比較。她對翻譯品質的評估，是根據譯文中，有否出現原文語言與原文情境而判定（House, 1977: 101-4）。

　　此外，貝珂（Mona Baker）的論述強調，翻譯應該以文本為單位，講究單字、詞句、文法、主題結構、整體連貫、實際對話等層面，所以翻譯時必須注意對等的表現（Baker, 1992/2011: 178-79）。以上是基於「語言、對話、文化」整體關係的翻譯理論，也就是建立在「對話分析」與「語域分析」的翻譯理論。

## 1.17　比對描述的翻譯理論

　　翻譯的文學作品也是一種文學，所以討論翻譯文學的社會地位，就等於探索某類文學的社會地位。

　　傳統上，我們審視文學時，都習慣傾向美學路線（the aesthetic approach），所以評論的焦點大都落在高階層、高格調的文學上，以致冷落了一般通俗的言情小說、兒童讀本、恐怖作品、奇幻科幻小說，以及各式各樣的翻譯文學。

　　可是，以色列學者伊文佐哈爾（Itamar Even-Zohar）參考了俄國形式主義的觀念，反對這種路線，反對以美學方法來觀看文學（含翻譯文學），提出了多元系統polysystem這個術語（亦稱複系統）（Even-Zohar, 1978/2012: 162-67）。他強調，翻譯文學是一個子系統，也同樣在文化母系統（含社會、文學、歷史等多重系統共同運作的母體）之內運作。以往翻譯文學總是被看作次要的、衍生的、排名第二的文學形式，如今經過了伊文佐哈爾的努力，翻譯文學竟成了文化大系統的一個小系統。時至今日，多元系統已是平常觀念，因為多元觀念與社會文化，早已與翻譯理論互相整合。因此，多元系統或複系統的觀念，已經褪色許多。

　　杜里（Gideon Toury）根據多元系統的理論，認為在某文化的社會與文學系統中，翻譯作品若擠上了排名第一的重要地位，為了符合這地位的情勢，翻譯時，必會多加考慮其翻譯策略的品質。相對的，等於是制定翻譯策略時，必須更深採用此社會文化為指標。所以他主張「描述性翻譯研究」（Descriptive Translation Studies, DTS），這種理論強調幾個重點（Toury, 1995: 36-9, 102）：

(1) 首先，將已譯好的作品（譯文）置於譯文的社會文化之中，檢視這譯文的意義，以及讀者接受的情況與程度。

(2) 其次，要仔細分析比對原文與譯文之間，句與句、片語與片語、甚至字與字的配對，觀其轉換，察視二者的關係。如此描述之下，可看出翻譯轉換之間，何者是必需的，何者是非必需的，藉此梳理譯文與該社會文化的關係。

(3) 接著，找出通則，既從原文找出寫作模式，又從譯文找出翻譯模式。再同時藉著寫作策略與翻譯策略的軌跡，重新建立原文譯文之間配對的翻譯路徑。

(4) 最後，記錄這些配對之後的翻譯轉換的方法、規範、通則，以供未來類似的配對成分（coupled pairs）翻譯之用。

　　上述最後一點，如今已廣泛應用於機器翻譯或翻譯軟體上面了。

　　赫爾曼（Theo Hermans）更進一步探討，根據多元系統理論，確認文學是一種複雜動態的系統，主張文學翻譯的探討，應該是描述性的、目標導向的、功用的、有系統的。必須從兩端：「理論模式」與「實際譯例」同時著手。並且制作規範，指導翻譯的譯出與接受。由於1985年赫爾曼編輯了一本書《文學操作：文學翻譯的研究》（*The Manipulation of Literature: Studies in Literary Translation*），所以各界稱這些學者的派別為「操作學派」（The Manipulation School or Group）（Hermans, ed. 1985:10-1）。

　　多元系統翻譯理論，使翻譯文學不再是原作與譯作之間語言的單純轉換，而是一種系統性的文化考量與文化活動，也是系統與系統之間的文化轉換，所以和整體文化系統緊密結合。

## 1.18　文化爲重的翻譯理論

　　起初，翻譯理論著重兩種語言之間的靜態轉換，後來，著重動態方面，就發展了功能轉換。接著，又與文化系統連上關係，於是翻譯理論全盤接觸了文化研究。早期翻譯理論注意直譯或意譯，因爲理論焦點放在：

　　　　原文－譯文

若精細談，原文本來介於作者與讀者之間：

　　　　作者－原文－讀者

原文也介於時空與媒介之間：

　　這等於是，歷史時空－原文－語言文字、符號、素材。如今探討原文，把「歷史時空」精簡爲「文化環境」。原文就卡在作者與文化環境之間，如下圖。

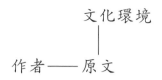

文化環境
|
作者——原文

　　任何文本都連結於文化環境，作者也在該文化環境中。所以翻譯工作首要責任，就是注意文化，即原文與譯文的文化。翻譯時考量文化，就是「文化轉向」（cultural turn），即轉向文化之意。

　　勒法葉（Andre Lefevere）承接了多元系統（複系統）與操作學派的路線，結合了物質社會的生產與消費觀念，主張擴大譯者的身份。譯者，不單指獨自處理原文譯文的那一位，更是指促成了該譯文生產的一整群人。這些人也負責使這譯文讓大衆消費（接受）。勒法葉認爲，這種文學翻譯等於是「文學重寫」，亦稱「文學改寫」（rewriting literature）。換言之，以往翻譯工作的背景與外圍因素，比如出版社老闆、編輯、經營策略、社會制度、政治因素、物價波動、文學主流支流、讀者流行品味等，現在都納入「翻譯工作的核心」來考量（Lefevere, 1992: 2-9）。

　　相對的，單一譯者的地位降低，譯者與譯文的關係更加淡化；譯者不再是譯文的生母，也不是養母，而是代理孕母或試管母親而已。

　　以重寫／改寫爲觀念的翻譯，旨在展現作品的意識形態與詩學（文學理論），也企圖操控文學作品，好讓作品在社會中產生作用。意識型態是原文的文化層面，詩學是原文的文學層面。

　　意識形態的母體背景，就是社會文化。意識形態必定涉及政治經濟、民族文化，以及文學體系，會指導譯者選擇其翻譯策略。翻譯過程中，意識形態的政治社會的影響力，會一再臨及譯者，如此，譯者只能自行調整其翻譯策略以求生存與出版。詩學（文學理論）緊連於

作品本身,指文學內容與形式,涉及作品所有文學成分,包括主題、佈局、故事、情節、人物、技巧等。譯文社會上自有主流詩學,有主導地位,必會影響翻譯的策略。有時譯者不得不妥協退讓,不敢違抗該文化公認的文學評論,種種曲折,都靠譯者自己擇取翻譯策略來應變。勒法葉的改寫式翻譯,與其說是任由譯者增刪裁剪,變動原作內容與形式,倒不如說,是爲了譯文在本地文化得以出版,在本地文學氣候得以存活,在本地讀者胃口得以適應。

相較之下,目的論(skopos theory)的注意力,放在文本與老闆身上。文本講究類型與功用,老闆則指示翻譯目的。文化轉向的翻譯理論,例如,勒法葉的文學重寫式翻譯模式,其注意力則放在權力、意識型態、出版社、機構單位、文學社群等等。這些都是文化環境的重要勢力,這些勢力都會控制譯者,也影響譯本的成形,譯者不過是翻譯過程的一小環而已。

勒法葉認爲,文化環境中有翻譯活動、歷史學、人類學、文學批評、編輯出版等,其內都涉及重寫、改寫(rewriting)的基本過程。譯文必須對原文有所詮釋,所以勒法葉認爲,翻譯是歸屬於一般的文學批評。既然翻譯是文學活動,因此受制於兩大因素(Lefevere, 1992: 1-6):

(1) 文學系統內的專家:文學批評者、評論家、學術單位、教師、翻譯家,這些人可左右主流的文學理論。

(2) 文學系統外的贊助人:有錢有勢的人物,以及團體機構。比如出版社、政黨、學術期刊、學校、教育部等。這些會控制意識型態、經濟因素、社會地位。

　　基於以上，翻譯的考量已遠遠脫離考量譯者自身，也就是脫離了譯者本人的語言能力與文化修養，卻加倍強調翻譯環境中各種文化因素。

　　所以，文化與文學美學的意識型態，都變成了翻譯理論家的關注焦點。例如，絲蒙（Sherry Simon）從性別研究的角度檢視翻譯，強化了女性主義的翻譯理論。其作用是批判「女人」不該遭貶而落於社會底層，而「翻譯作品」也不該被視爲原文的衍生物，而壓制在文學底層（Simon, 1996: 1-7）。她主張使用語言學的方法，除去性別歧視的翻譯語言。在翻譯中強調女性的文化角色與意識觀點並且提倡，女性正好利用翻譯的文化轉向，改造世上對女性的傳統偏見。

　　孟加拉裔的史碧娃（Gayatri Chakravorty Spivak），處理翻譯時，尤其重視後殖民的意識型態對翻譯的影響。她關注後殖民的核心議題：權力關係（power relations）不平衡（Spivak, 1993/2012: 312-30）。她大力推動後殖民主義的翻譯理論，以孟加拉語言爲例，說明第三世界的語言一旦翻譯成英語，受到英語（強權者的語言）所附帶的意識型態所干擾，便難以譯出孟加拉人特有的觀點，結果譯文裡幾乎只敢呈現英語意識型態的觀點與特色。

　　史碧娃與妮南佳納（Tejaswini Niranjana）一致呼籲本土性翻譯的重要。妮南佳納更是直接鼓勵譯者，應採「介入者」（interventionist）姿態，盡可能把後殖民本土的語言文化翻譯出來，不要遷就殖民強權的語言文化，不要屈服於權力而修改自己的文化表達。以上重點，構成「文化轉向」的翻譯理論（Niranjana, 1992: 163-86）。

## 1.19　歸化與異化的翻譯理論

　　自從文化轉向的議題引進了翻譯研究，於是比較原文與譯文，比較文化，這種差異辨認，都變成了翻譯工作的重點。

　　韋努第（Lawrence Venuti）以英美文化為例，特別指出英語強勢，英語文化所及，譯者與翻譯工作彷彿都變得隱形，有兩大原因（Venuti, ed. 1995/2008: 18-20）：

(1) 一般譯者把原文譯成英文時，努力使譯文讀來完全像是本土英文，結果讀起這種文本，讀者會感覺譯者不像譯者，倒像原作者，譯本似乎不像譯本，倒像是英文創作。由於翻譯痕跡透明不存，於是譯者自身有如消失，也透明無形。

(2) 讀者閱讀譯文時，其心態與習慣都出於譯文的文化環境，不論是出版者、評論家、一般讀者，鑑定譯文的好壞，都是依據譯文文化的標準而論。換句話，就是把譯文看作是本地文化的原作。不喜視譯文為翻譯作品，倒視譯文為原作。

　　顯然這表示翻譯工作與譯者，其社會地位與文化地位，皆不高。接著韋努第討論起兩種對比的翻譯策略：歸化（domestication）、異化（foreignization）（Venuti, ed. 1995/2008: 13-7）。

(1) 歸化翻譯策略，就是讓譯文本土化的翻譯。使譯者及譯者工作極端隱形，使譯本讀來如同本地文化所生的文學創作。

(2) 異化翻譯策略，就是讓譯文外國化的翻譯。不讓譯者及譯者工作透明無形，反倒使譯本固執的保住原文國的文化風采、

文學特徵，堅持不降服在強權國的文化之下，堅持不淪爲外國的附庸文學。

本地的文學領域所用的語言文字，有高有低，有主流有旁支。最高層的語言文字，必是主流的，修辭文采一定極其美好。較低層的語言文字，總是旁支，瑕疵必多，夾雜異國語言與異國文化的痕跡。就中文來說，若中譯本讀來，就是不像本地主流的語言，反像是生硬的西化中文，是可以讀下去，卻瑕疵處處，令人老是意識到原作者是外國人，原文是異國文化來的。基本上，這就是異化翻譯策略。這等於從語言上抵抗本地文化。換句話，異化翻譯策略，是故意採用較低層的語言文字，非主流的，總是旁支，瑕疵難免，又不斷夾雜有外國語言與文化的痕跡。

若譯文採用了本地高層的、主流的創作語言，於是譯文讀來，簡直就像本地創作，那麼，這就是歸化翻譯策略。

以上兩種策略各有矛盾之處，但大體有用，的確是豐富了翻譯理論的文化研究。

歸化翻譯與順化翻譯，本意上頗爲相似。（順化是施萊馬赫所提倡的，就是幫助原文作者來親近譯文讀者；順化就是自然化）。可是韋努第大力提倡異化翻譯，等於反對順化翻譯（naturalization）。

比韋努第更早反對順化翻譯的，是學者柏曼（Antoine Berman）。柏曼認爲，翻譯過程會有一種變形力量，扭動原文，使其變形；彷彿譯文中，有一種「文本變形系統」在對譯文譯本產生了變形作用。他還提出十二種變形傾向，逐一詳述（Berman, 1985/2012：240-53）。

(1) 合理化（rationalization）

(2) 清晰化（clarification）

(3) 擴張化（expansion）

(4) 高雅化與通用化（ennoblement and popularization）

(5) 質性弱化（qualitative impoverishment）

(6) 量之減化（quantitative impoverishment）

(7) 破壞節奏（the destruction of rhythms）

(8) 破壞內在意義關係（the destruction of underlying networks of signification）

(9) 破壞語言形式（the destruction of linguistic patternings）

(10) 破壞方言關係或異國風情（the destruction of vernacular networks or their exoticization）

(11) 破壞成語及慣用語（the destruction of expressions and idioms）

(12) 除掉文本的語言混雜現象（the effacement of the superimposition of languages）

　　其實，這些所謂的變形傾向，應屬於翻譯轉換的必然手段。柏曼稱之負面分析（negative analytic）。

　　不過，他也提出了正面分析（positive analytic），用來保存異國特質。他稱這個觀點為「直譯」（literal translation），然而只是借一般的直譯之詞而已，已非直譯之義。柏曼的直譯，是保持譯文異質成分的最佳方法：指翻譯時，要緊貼原文字眼，一方面要展現原字的指意方式，另一方面，要使譯文的用字，產生進步的良性變形。

　　柏曼的觀點頗能應用在韋努第的異化翻譯上，因為直譯使譯文盡可能保留原文的外在形貌與內容。

　　韋努第最後呼籲譯者，要盡力顯形（visible），有所行動，要使用異化翻譯，要多採用不流暢的翻譯法，也要把自己翻譯的策略、方法等細節，一一描述，甚至保留譯者的譯稿手稿之類的文獻。這些都與異化翻譯理論，息息相關。

## 1.20 哲學詮釋與改寫的翻譯理論

　　翻譯理論從早期的文學觀點起步，進展到語言學觀點，再介入文化研究，目前抵達哲學觀點。這主要繞在哲思觀點的詮釋，因為翻譯的第一步，總是解讀原文。解讀正是一種詮釋。

　　20世紀下半，現代哲學思想對翻譯理論的影響不小，焦點議題都落在如何詮釋一份文本。起初是哲學領域的詮釋學，衝擊了翻譯領域。詮釋學（Hermeneutics）解釋什麼是意義，意義如何決定，意義的範圍如何等等。詮釋步驟隨即被引用到翻譯工作。

　　史坦納（George Steiner）的名著 *After Babel* 於1975年面世，以詮釋學觀點探討翻譯理論與翻譯過程。他提出詮釋步驟四階段（Steiner, 1975/1998: 312-19）：

(1) 信任階段（initiative trust）：指譯者須先確信原文內涵有價值、有意義，可以譯出。

(2) 侵入階段（aggression / penetration）：史坦納借用了古代聖耶柔米（St Jerome）的意象，描述翻譯如戰爭，譯者把原文意義俘虜了。這種解讀是挪用的、暴力的行為。

(3) 吸收階段（incorporation）：原文意義被帶往譯文中，譯文文化本自有其字彙與意義，因此新來的意義若是良性的，就

可豐富本土文化，他稱爲「領受聖餐」。若是新來的意義是不良的，則對譯文文化有損，就描寫成「感染病毒」。

(4) 回補階段（compensation）：原文翻譯成譯文，有時譯的極好，有時極差。這二種情況，都對原文有好處。因爲原文被提昇，倍受重視，也擴展其意義存在的範圍，讓更多讀者感知其價值所在。各種譯文都成了原文的鏡子或回聲。換句話，原文經過翻譯過程，轉爲譯文，於是原文本身得到某種強化的彌補。

　　史坦納的詮釋步驟，要求譯者放棄自我主見，信任原文。一步步解讀吸收原文意義，盡力維護原文內部能量系統的平衡。如此讓譯者跳脫西方傳統上「直譯、意譯、忠實」的舊思考枷鎖，讓譯者的翻譯心理與知識的運作，妥適的自我選擇有效的系統，處理原文與譯文之間的「文化與語言」的差異。主要目的，是觀看原文文化與譯文文化之間的互動互補，也提醒譯者認知，翻譯不只是語言資訊的傳遞，更是高低文化意義的交流。

　　從詮釋角度觀察，至少有兩位大師採用了自我爲中心的詮釋方式，就是龐德（Ezra Pound）與班雅明（Walter Benjamin）。

　　龐德獲得費諾羅沙（Ernest Fenollosa）的文稿，閱讀了李白的英譯詩，其中許多是逐字英譯，且從一些漢學的日文注音而理解中文，就改寫了些轉成英譯之詩，既翻譯中文，又改寫中文，結果產出了一批混雜譯詩，半翻譯半創作（Fenollosa, E. （1919/1969; 張漢良 1981: 129-31）。這譯法引起世人議論紛紛。

　　他的譯法當然是偏重文字的意象成分，無法完全掌握文字意義。基本上，龐德的翻譯理論，著重詮釋、批評、再創作。以這種翻譯方式，是主觀的、富有個人風格的。另一方面看，這是再創作活

動，能把部分意義翻譯出來，卻偏重文字符號自身。

　　從史坦納的觀點，龐德的翻譯是一種異化方式，著重於譯出語言表相的節奏、聲音、形式，卻不以意義爲詮釋核心。這樣可突顯語言符號的創作可能性，激發語言的視覺能量，即視覺效果。其實，中文經龐德一翻譯，必定變形變質，最後只能呈現中文的部分而已，算是一種偶發性、特殊性、個人色彩的異化翻譯的實驗方法。

　　至於班雅明，他回歸舊約「創世記」的經典文段。該處記載上帝以話/語言（word/language）創造天地，所以他指出，有一種純語言（pure language）存在，就是上帝的語言，是一切生命的根源。一經文字記載下來，就成了聖經原典。針對聖經原典的最佳譯本，也只是另一本類似原典的聖經而已。總之，聖經譯本，各式各樣，但不論採用何種語言，最後仍算是一本「聖經」，而絕非原始語言的「那本」聖經。充其量只是呈現了聖經原典內上帝起初的話/語言的一本聖經。

　　班雅明的論點是，任何一個譯本都是獨立的，自有自存。譯本都與原本維持一種和諧的生命關係。最高明的譯本，有如聖經譯本，重在其透明度，不會遮蔽原來純粹的語言，而且譯本自身要採取媒介角色，重在讓原本的內在的光、內在的意義，都能盡情散射出來。實際翻譯時，應當直譯句子結構；所以是注重字詞，勝於句子。

　　這是班雅明從舊約出發的神秘式翻譯理論。但在史坦納的詮釋學理論下，班雅明的論述，代表了一種特殊的詮釋性翻譯理論。

　　近代比龐德及班雅明更激進、更主觀的翻譯詮釋理論，是出於60年代的法國哲學家德希達（Jacques Derrida）。他興起了解構主義（deconstructionism）的風潮，其思想重點，主要是否定文字與意義之間有固定的關係。也等於排斥西方傳統的形上分割法。形上分割，使形式與內容互相對立。所以傳統上認爲，文字屬於形式，意義屬於

內容。語言學家索緒爾（Ferdinand Saussure）把「能指」（the signi-fier）與「所指／被指」（the signified）加以區別（Munday, 2012: 254）。能指就是指示符號，比如文字。所指就是被指示的對象，比如意義。這二者被索緒爾截然區分，切割爲兩大領域。並且視此兩大領域爲對立系統，因此很方便探討文字如何指示意義。這些對立系統都是德希達所要拆解的。

　　德希達不但對系統沒有興趣，甚至積極否定系統這種觀念。基本上，他的哲學思想是強調任何人的觀點，都是隨興的。任何人都可以隨興生出一個自我觀點。這個觀點是浮動的，出現在時空之下的某個觀點，即當下的觀點。這個浮動的時空點，或謂浮動的瞬間，必定產生一個相配相應的情境，而此情境的內容與意義，都不能用區區一個文字來表示（或謂加以定形）。意思是，一個文字的內容與意義，是浮動的，無法固定。因爲眼前這文字的意義，還可以繼續增加新意義，並且可加上第二、第三個意義，一直加下去。甚至歷史進展許久之後，還會有新意義再增加。所以德希達說，每個瞬間所造成的對應情境，如同每個文字在瞬間所代表的意義，都有三重特色（Munday, 2012: 255; Derrida, 1967/2004: 545-68）：

(1) 一個情境及暫時所對應的字，與其他的情境、其他字，皆爲「不同」（differ）。

(2) 自身的意義，因爲還可以繼續增加，所以這情境或這字的整全意義，仍須等待以後才能定論。根本上，以後還是不能定論的。就是說，凡意義都必須不斷的「延宕」（defer）。

(3) 每個瞬間，都是不同（differ）與延宕（defer）的並存與交織。

根據德希達，字的意義在指示當下這個瞬間（當下實況或謂現場）。每個字的意義，都是暫時的、浮動的，會持續異變。既然如此，一般文字所指示的基本意義，或日常意義，或生活意義，都不存在了。各文字都像詩的文字一樣，不但時時歧義，而且比詩文字浮動得更厲害。因為詩文字至少還固定在一首詩的範圍。但德希達心目中的文字，不是詩文字，而是時時變動意義的指示符號而已。

德希達這種解構想法，如何應用在翻譯理論上？由於他的論述主要在於否定系統、否定關係等等，卻強調隨興的主觀觀點，以及瞬間的浮動，因此，若要應用在翻譯實務上，只能採取極端直譯、字對字譯，並且倚重異化的翻譯方式，才能保持原文與意義的高度浮動。大體而言，德希達對翻譯理論的知識，涉獵不深，他的的論述不能直接幫助譯者進行實務性翻譯工作。但是他從文化與宗教角度來批判文本，確是協助人領悟翻譯過程，以及了解人心對文字意義的詮釋。

路易士（Philip E. Lewis）認為，唯有藉著「文體比對法」與「應用語言分析法」，才能探討德希達的英譯作品，其原文是法文（Lewis, 1985/2012: 220-39）。根據德希達的difference思想，譯者對原文的任何詮釋，都是主觀的、建議的、自我放縱的。路易士曾評析德希達所發表的論文White Mythology，說這文章一經譯成英文之後，原文中所有解構的浮動因素（在英譯本裡）都消失了，因為英譯本幾乎把所有浮動的都固定了意義。

其實，這些解構思想十分有效，能迫使讀者拋棄舊有的固定觀念。但要落實於翻譯實作的層面上，其功用則極為有限。總之，現代哲學對翻譯理論的影響，主要是針對解讀、詮釋的層面，於是鼓勵了譯者勇於採取異化路線來翻譯，也帶來了革命性新觀點，易於創新，且讓譯者與讀者都能開拓自我度量，可以主觀詮釋，也懂得包容他方之異己解讀。

　　以上種種翻譯理論，嚴格說，面對一份待譯的文本時，並不能立即產生翻譯第一線的實踐功效，因為翻譯實踐主要在於解讀、詮釋、轉換、譯出、改稿。翻譯過程中，必須考量與比較文化、文體、句法等，再透過詮釋、轉換、譯出，並因此進行修辭與改稿。例如中英翻譯，必須考慮文化差異、文體對照，以及「主題評論」與「主語述語」的比較。翻譯工作之初，須先評定原文文體，設計譯文文體。這些翻譯實踐，都須有周詳的翻譯策略來指導。換言之，中文翻譯工作亦須適度考量本土以心為本的觀法，於是所制定的翻譯策略與方法，才不致過度承受西方異文化與異語言的觀點，而委屈了中文文化與語言的翻譯特質。總之，翻譯策略介於翻譯理論與翻譯實踐之間，是針對特定文本而有的翻譯指標，也是一種根據與導向，以便據此而評估該文本翻譯的妥善程度。

# 第二章　翻譯策略

## 2.1 翻譯策略（translation strategies）

翻譯策略須考慮三個面向，(1)文本類型，(2)翻譯目的，(3)翻譯方法。之後製作一份翻譯須知，供譯者或翻譯小組的組員使用，等於是翻譯指標。

分析原文特性，譯者應了解文本目的（亦稱文本意圖，作者目的）、文本類別、背景、語言、譯者目的、出版者目的、翻譯路線等。

翻譯策略，就是翻譯須知/原則。翻譯小組最需要翻譯須知，以規範各組員。出版社也備有翻譯須知，特別是影視翻譯的公司，一定有翻譯須知來規範譯者。若缺少翻譯策略，容易淪為即興譯法，以致語言或文體前後不一致。

## 2.2 譯序揭露翻譯策略

一般譯序都會提及翻譯策略，多少透露全書的翻譯原則。例如，*The Bluest Eye*是諾貝爾文學獎得主童妮摩里森的作品，中譯為《最藍的眼睛》，由英美文學曾教授所譯。譯序揭露了她的文學翻譯

策略，重點如下（曾珍珍，2007: viii-xi）：

(1) 美學目的是，讓讀者獲得一種當下的、立即的親密而熟稔的關係，這種感覺就是平日街坊裡閒聊閒扯的那種說話感。

(2) 格外注重使譯文保持原文的風味。原文是黑人口語。

(3) 原文在敘述評斷的部分，潔淨典雅，是合於標準規範的英文散文。

(4) 原文在抒情描景的部分，往往使用意象與暗喻，使其小說語言，提升到詩語言的層次。

(5) 原文在對話的部分，原文呈現大量黑人口語，不同角色有不同的語調。作者刻意使各角色的黑人英語，混雜了程度互異的白人英語。譯者採用的翻譯策略，「我並未有系統地變造華文句構或動詞語彙以平行模擬之。」譯者卻以中文口語，輔以些許台語，混雜之下，產生一些英譯中的閱讀效果。必要時，才讓某角色使用大量的華語與台語錯綜複雜的互相混合。

(6) 由於文字上台語語音出現極多，便在書末，附上了台華語詞對照表。

(7) 書名的譯法，既採取文學的需要，也配合出版社的市場考量，從《我愛藍眼珠》換成了《最藍的眼睛》。

(8) 讓原文呈現的「專屬於美國黑色種族的跨世代傷慟」，在中譯本得以展現。

## 2.3 翻譯須知，範例一：獨立譯者

有一篇報導歐洲難民逃亡潮的新聞，分析原文時，可考慮以下重點，並提出翻譯須知：

(1) 文本類型：資訊類。出現在新聞雜誌的文章。

(2) 語言層級：是新聞體裁的半正式文章，高級英語，使用了許多比喻及日常口語，文筆修辭極高。

(3) 文本主旨：以同情的角度，描述從中東逃離的成千上萬難民的生活困境，反映歐洲各國政治上觀望態度與兩難決策，也曝露歐洲經濟本身的問題，以及目前深受波及的經濟發展。

(4) 讀者階層：教育程度必須很高，才會解讀這種國際上政治與人道糾結的問題。

(5) 出版者目的：講求媒體資訊快速傳播，期望吸引更多讀者，增加銷售。

(6) 譯者目的：關心中東及歐洲問題的雜誌翻譯，必須正確與清晰，必須減低語言描述上的文化阻隔的問題。

(7) 翻譯路線：以讀者為中心的溝通翻譯。

## 2.4 翻譯須知，範例二：小組翻譯

假設有個翻譯小組，至少五位譯者，計劃把童話小說 *Charlotte's Web*《夏綠蒂的網》英譯中（White 1952）。首先思索翻譯策略，試擬一份翻譯須知，以便規範翻譯小組組員。此須知從形式與內容著手：

**翻譯目的：**

(1) 文本類型：表現類 （文學類）。

(2) 語言層級：是已出版的小說。以兒童語言為主，是普通英語。使用了許多日常口語，引用了少許聖經典故，略有比喻，文筆修辭不高。

(3) 文本主旨：以動物爲角色，創造溫馨愉快的氛圍，轉喻人心向上的變化，並描述友誼及愛的眞締，使孩童得到正面啓發。

(4) 讀者階層：主要是小學生讀者，才會特別對小說的動物寓言感興趣。

(5) 出版者目的：講求文學經典的傳承，期望吸引更多小朋友或成年讀者，也有營業目的。

(6) 譯者目的：促進兒童讀者的閱讀興趣，也啓發孩子對友誼與愛的思索。

(7) 翻譯路線：介於語意翻譯與溝通翻譯之間，因爲是文學名著，必須以作者爲中心而翻譯。書中語意不難，所以語意翻譯與溝通翻譯的差別不大。故事情境、人名、專有名詞，偏於異化翻譯，可帶有外國風味，使全書產生異國印象，讓兒童讀者獲得想像樂趣。

## 草稿格式：

(1) 內文字體，一律12字號。行距設定1.5倍行高。

(2) 句子字數，不超過15字。最好約8-10字，就加標點。

## 標點符號：

(1) 英文用半形符號，中文用全形符號。

(2) 中譯對話用「」。

(3) 若原文出現" "，中譯符號用「『 』」。

(4) 須保留原文的特殊標點符號，破折號—?！。

**修辭重點：**

(1) 以句譯為主，而非逐字翻譯。

(2) 短距離之內，避免重複使用同樣的字詞或時間副詞。

(3) 英句的副詞，中譯時採用「的」，不使用「地」。例如，激動的，勿用激動地。

(4) 表示口吃之處，中譯須呈現。例如，s-s-so beautiful／一好一好一好漂亮。

(5) 用字應淺顯易懂，避免出現難字。例如，although 可譯「雖然」，而不譯「縱然」。

(6) 代名詞用法。女性用「她」，男性用「他」。第二人稱，不分男女，都用「你」。

(7) 如遇副詞、形容詞，一律使用「的」，不用「地」。

(8) 統一譯名如下（列舉部分，其餘另給附件）：

　　一人物：Fem（芬兒）、Mr. Arable（阿爾伯先生）、Avery（埃弗里）、Lurvy（拉維）、Aunt Edith（伊蒂絲姑姑）、Mr. Homer L. Zuckerman（荷馬‧周克曼先生）、Dr. Dorian（道力恩醫師）、Joy（喬伊）

　　一動物昆蟲：Wibur（韋伯）、Charlotte A. Cavatica（夏綠蒂‧卡芙迪卡）、Templeton（鄧布勒）、Rat（野鼠）、Sheep（羊群）、Lamb（小羊）、Gander（公鵝）、Goose（母鵝／鵝群）、

　　一事物：Crate（板條箱）、Buttermilk（牛奶）、Messenger boy（搬運工）、Egg sac（卵囊）、Freeze（電冰箱）、Ferris Wheel（摩天輪）、Pontiac car（龐蒂亞克車）、Trough（食槽）、

　　一地方：County Fair（州博覽會）、Pigpen（小豬圈）、

Hoghouse（大豬舍）、Sociable place（聯誼所）。

—特殊字詞：Humble（謙卑）、Radiant（耀眼的，容光煥發）、Terrific（了不起）、Humm（嗯…）、oh（噢：驚訝、激動用。哦：肯定回答用）、Preshrunk（預縮水的）。

翻譯策略可繁可簡，是小組譯者的翻譯指標。

# 文本類型

## 2.5 從語言功能看文本類型

翻譯策略的構成，有三個面向（見二章2.1），首先是文本類型。

從文本篇章區分，分成文學作品與科技作品。從文字的閱讀效應區分，有知性與感性之別。

感性的再分：虛構與非虛構（fiction & non-fiction）。虛構的有文學；非虛構的有宗教講章、公關文宣、政治演說、哲學論述、廣告行銷、商業作品、傳記或自傳或日記等[1]。

知性的再分：科技與非科技。非科技的有新聞、公文、法律、教材、商業等。既然文學文本是感性的，科技文本是知性的，於是有了

---

[1] 非虛構類的「非」字，在中文是否定字眼；non-是英文字頭，這「非」字與non-字頭，都是形上分割的二元對立，物質與抽象對立的思想模式。使用非字，只是方便與習慣，嚴格說，虛構或非虛構不易區分，因為有許多作品是中間型的，混雜了虛構與非虛構的內容。一旦面對這種混雜文字，要截然區分就難了。

文學翻譯與科技翻譯之別。譯者對文本的語言，可由知性與感性著手分析。

　　文學文本雖然也有知性成分，但是文學最重要的，是呈現人文及生命的感性層面，並且以作者觀點與心境為主軸。比如劇本、歌詞、詩、小說、散文等，描寫人性的複雜變化與情感波動，才是作品的焦點。

　　與感性類對比，則其他作品就粗略通稱科技類，知性較重，偏於溝通的資訊信息為主。例如藥罐上的服藥指示、機械器具的說明、公文記錄、法商文件等。這一類文字，能否準確的傳遞功用才是最要緊。至於美學部分，不是科技文字所在乎的[2]。

　　從作者、作品、讀者、語言功能來看，文本可收編三類：作者抒發類、作品資訊類、讀者回應類/讀者操作類。

## 2.6 三種文本的語言功用

**文本的語言，有三種功用。**

其一，個人自我表現（self-revealing）的語言功用。

　　作者藉語言表現自我特質，這種文本偏向創作。是作者主觀表現自我生活經驗，寫其私人思想、情感、意志的文學作品，偏向以語言藝術為核心文本語言。

　　紐馬克認為，這種語言所構成的文本，區分三大型態（New-

---

2　英文的「文學」一字是literature，泛指一切文字或文本，不論感性知性，不論是人性感情為主的文學文本，或知性資訊為重的科技文本，都可用literature表示。然而中文的「文學」，也譯為literature一字，卻偏指帶有美學層面的文字或文本。

mark, 1988/1998: 39-40）。

(1) 嚴肅的文學創作，是想像虛構的文本。有詩、小說、戲劇、散文，都包含了大量的情感成分。也常帶有象徵或比喻的嚴肅想像或論說。

(2) 專業權威的文本，公眾人物的演講宣傳，或是法政文件、科學與哲學的文本。嚴格說，學術論文也屬於這一類。這些文本，主要在展現邏輯思想與過程論述。

(3) 個人信函、日記自傳、抒情散文等文本。是作者表現自我心靈與事蹟的語言。

比勒（K. Buhler）稱這種文本語言有表述功用（expressive），也譯為抒發功能（Buhler, 1934/1965）。

賴絲說這種文本是創造性文章，其語言含有美學的特質，講究文本形式，專供作者自我突顯。可說是富有表情、表述、表現等功用的語言（Reiss, 1977/1989: 108-9）。

這種語言功用，是以虛實相混的情感，真假交織的虛構現象為重。

翻譯這種作者抒發類文本時，譯者必須留意，應以作者為核心，高度尊重作者的心思意念，以及個人生命體驗，能譯得精密，就盡量細膩。

其二，傳遞資訊（message-reporting）的語言功用。可以是單一作者，或小組作者群，有溝通客觀信息或資料的語言功用。呈現一些知識，卻不注重語言本身的美學或精緻作用。例如，科技文章、經貿法政、科學報導、期刊論文、操作說明等。

比勒稱此功用為表現類（representative），也可說是資訊類（informative）。

　　賴絲則稱之信息功用，主要是表達知識與意見。所講究的是傳遞的內容焦點，以及所指涉的事物。

　　紐馬克說，這種語言是一般性的、當代的，沒有個人風格，顯現於四個層次（Newmark, 1998: 40-1）：

(1) 正式專業的：例如，學術論文。
(2) 半正式的：例如，教科書。
(3) 非正式的：例如，通俗的說明文。
(4) 通俗的：例如，報章雜誌為主的大眾傳媒語言，多用口語。

　　這四個層次，從嚴肅正式的語言，到通俗隨意的語言。大體上，都是當代的語言，避開地方色彩，少有階級區分，也幾乎不帶個人風貌。

　　這種語言功用，是以邏輯思想及事物指涉為重。

　　翻譯這種資訊類文本時，譯者當留心，作者心境完全不重要，語言本身的美學或精緻印象，也不重要。這類作品以知識為主，譯者必須盡可能讓資訊清晰，傳達容易，讀者領悟。至於文藝形式，不必介意。

　　其三，目的導向而期待讀者有反應，有行動（action-leading）的語言功用。這種文本的語言，目的在使讀者產生行動，所以會使用文學表述的技巧，以及資訊的展現，說服讀者去回應、購買、行動等等。最常見的，是廣告文宣、工具說明書、宗教講道文、競選演說等，只要能讓讀者依該文本目標回應而行動，該文本目的就達成了。

　　比勒稱之懇求功用（appealing），也可說是呼籲或呼喚功用（vocative）（Newmark, 1998: 39）。

　　賴絲說這是一種激起行動，促發作為的語言功用，主要是讓讀者

接受文本的理念、意識型態,也期望讀者能進一步採取行動,以便有所交易或有所作為的語言功用。因為帶有指示操控讀者的意圖,所以是一種操作的(operative)語言。

紐馬克指出,這種語言的重心,落在讀者身上(Newmark, 1998: 41-2)。其功用是發揮說服召喚的力量,因此必須針對讀者而書寫。這種「針對」的特色,並不是在專門應付某些個人,不像寫書信,因書信有明確的對象,而是針對普通的大眾讀者,向他們進行說服、勸說、呼籲、威嚇等。這是有目的的,期待讀者有所反應,且要儘速發出行動作為。這種語言功用若要有效,首先,應積極注重語言上的對方,就是要謹慎處理「我你關係」。其次,語言清楚明白,概念有條不紊。務必讓讀者能夠輕易的抓住重點,採取必要的行動。

這種語言功用,常是混合了不同文本類型的語言,就是要以讀者為重,以讀者所需要的邏輯思想及事物指涉為重。好讓讀者能夠順從該文本的意識型態與指示,發出作為,採取行動。

翻譯讀者回應類文本之時,譯者應該明察,這類作品目標在於求得讀者回應,根本不注重作者,不在乎文藝效果,卻是要求讀者有所回應,有所行動。因此譯文講究的是,十分吸引人,目的訴求絕對清楚。

總結以上,文本可依據其語言功用,區分三種:其一、主觀表現類(以作者為焦點)。其二、客觀資訊類(以作品為焦點)。其三、讀者反應類(以讀者為焦點)。

翻譯目的,指預先就設計好譯文最終的定案,應該是何種理想樣貌。翻譯目的之決定,從前一章目的論(skopos theory)之討論已說明,不可能是譯者一人單獨決定的。這是基於多元考量的文化與社會情境,所擬定的翻譯目的。至於譯者,一旦面對待譯的文本,就要根據該文本類型的特色,選擇翻譯方法。其實,沒有譯者可以一次決定

翻譯方法，因為方法有大有小，有通則有細項，譯者只能在翻譯過程中，隨時按文本情況而酌量選用，目的是讓譯文達到預設的翻譯目的之標準。所以譯者越熟悉大小翻譯方法，越能善擇而用。

## 譯者對文本的態度

### 2.7 譯者對文本、字句的解讀

從翻譯理論到翻譯策略，再到各種翻譯方法，一路探討過來，現在是面對一份文本的時候了。此刻，必須考慮文本及字句。

譯者拆解文本（見一章1.6），可得四種關係：文本－作者、文本－媒介、文本－歷史時空、本文－讀者。

大半情況，譯者受到出版社的指示，必須配合其翻譯目的。正如目的論所講的，在出版主管指示下，譯者才能設定自己的翻譯目的（the intention of the translator）。這時，譯者正式成了雙重身份的特殊讀者（如下二圖交疊），既是原文讀者，又是譯文作者（即譯者）。

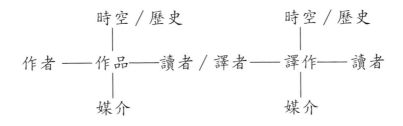

### 2.8 譯者解讀文本（translator, reading the text）

翻譯第一步，譯者必須解讀文本，對文本有所描述與詮釋。描述

指譯者掌握重點與內容，詮釋指譯者細細說明文中隱藏的意思，暗示的情愫，或是對曖昧之處加以外顯說明。文本解讀的重點如下：

(1) 譯者閱讀時，儘可能自我調整，試與作者觀點心意相同。

(2) 從譯者眼光，並借助語言學者、文學評論者的不同眼光，捕捉文本的形式與內容。

(3) 譯者了解寫作方式，就是看出作者用意，或稱文本意圖。隨後才能擬定翻譯策略，挑選合宜的翻譯方法。

　① 若是虛構的、文學的文本，那麼譯者應該揀出主題主旨、人物角色、過程發展、諸般重點、結尾或結論等，好在文本描述上有所收穫。

　② 這文本的語氣口吻，應儘可能仿照原作者的姿態與習性。

(4) 一旦翻譯實作，譯者必須從二路著手：老闆目的與文本類型一併考量，才擇取不同譯法，是謹守忠實翻譯，或有目的之改寫。其實，譯者應當詮釋到什麼地步，這就靠譯者的經驗與直覺去判斷了。

(5) 在翻譯目的的指標下，譯者要斟酌譯文的效果與影響，必須採用輔助工具，例如網路查詢、專書參閱、一般論文的資訊。只要能達成翻譯目的，參考工具不嫌多。

(6) 譯者採用的基本態度，是把原文變成「對等的」譯文，但必須受制於翻譯目的。對等是一種理想，卻在許多方面是不可能的任務。對等之外的變通，是必然的。

　① 若遇到特殊的單字，或搶眼的詞組，可先找譯文語言中的對等單字或對等詞組，換言之，先採取對等方法去借用。

　② 斤兩、尺寸、日期、數字等，譯者必須採用對等轉換。有時古今有別，於是度量衡就得依古今之對等互換。

(7) 爲了對等之外的變通翻譯，譯者必須從對等的根基上，挑選
　　一些翻譯的轉換法子，使譯文貼合翻譯目的。

　　① 一見單字與上下文的關係不對、邏輯不順，就要徹查意
　　　　義，不能光拿尋常對等的字典義來草草應付。

　　② 一旦字句有特色、有技巧，譯者須緊盯翻譯目的，譯筆處
　　　　處變通，均須以個案處理，才能得翻譯變通之實。

## 文本自身的構成

## 2.9 文本風格的分級（stylistic scales）／語言與情緒的結合呈現

譯者區分文本分類之後，應試著了解文體的級別：

(1) 作者與讀者，或說者與聽者之間的關係，是正式或非正式。
　　紐馬克（Newmark 1998: 14）把正式程度分爲八個等級：
　　公文語言（officialese）、官方語言（official）、正式語
　　言（formal）、拘謹語言（neutral）、非正式語言（infor-
　　mal）、日常口語（colloquial）、通俗閒話（slang）、禁忌
　　語言（taboo）。

(2) 文體有等級，譯者必須從語言文字來判斷，看其文體的正式
　　程度，是偏向口語或書面語，再決定譯文的等級。
　　口語上，H. A. Gleason, Jr.依正式程度，把口語的語言形式
　　區分五等：演講文體（oratorical）、愼重文體（delibera-
　　tive）、商談文體（consultative）、閒聊文體（casual）、親
　　密文體（intimate）。

書面語上，可分為最正式文體（superformal），例如：十四行詩（sonnet）、十九行詩（villanelle）、唐朝盛行的五言、七言之絕句與律詩。正式文體（formal），例如：碩博士論文、期刊論文。半正式文體（semiformal），例如：商業簡報、商業書信、推薦信。非正式文體（informal），例如：家書、友人信。個人文體（personal），例如：私人筆記、閒散日記、小箋小函（湯廷池，1984: 327-8）。

(3) 從文本作者或文本說話者的個人情緒，看其激情與冷漠，這是極重要的考量。

小結：譯者要決定譯文應該使用口語或書面語，何種等級的正式程度，何種情緒的語氣。

## 2.10　文本的社會、文化背景（social or cultural setting）

(1) 譯者要判斷文本內容的基本文化，在原文社會的歷史時空，是佔主流位置，或邊緣思想？

(2) 當初原文的出版形式是什麼？出現在官方文章中，或民間私下流傳而已？是報紙、教科書、雜誌或其他？

(3) 這種原文文本的形式、風格、社會文化，結合一起時，在當年有何種權威？有權威的作品，必與原文時空的政治意識、人文思潮有緊密關係。改為譯文時，在譯文時空之下，是否仍沾染某種政治敏感性，或人文趨勢？會不會影響今日的出版，以及讀者的讀者閱讀效應？

## 作者在文本的自我顯現

### 2.11 作者與文本的意圖（the intention of the text & the author）（原作者的心意）

譯者描述：是文學類，就找作者意圖。是資訊操作類，則找文本意圖。

(1) 譯者應探出原作者的本意與態度。指作者所要表達的重心（主旨）。作者的觀點（看法）是贊成、反對、或模稜兩可、或任君抉擇。此外，作者的意識型態或根本信念（命題）是什麼。
  這些都可從文本反覆使用的字眼、事件，讀出作者的人生態度、觀點、意識型態及根本信念。以上偏向於文學類文本，所以格外注重作者及作者意圖。
(2) 至於資訊類，以思想傳遞，概念溝通為主，作者的心意情緒不用找，但要找文本的意識型態。這才是資訊類的靈魂。
(3) 若是廣告類，作者也可忽略。因這種內容混雜了資訊與針對讀者感受的成分，雖有文學表現類的質地，但作者仍不重要。所以，要改去注意另類的作者：贊助者、出資人、老闆、業主等。換句話說，譯者必須從目的論的思想，轉去注意業主的意圖。此時，業者即作者。

### 2.12 作者的生活態度（author's attitude）

解讀文學類，譯者應觀測作者的心情冷熱、生活立場、價值判

斷、道德原則，藉此捕捉原文內涵。必須根據文本主旨，盡可能感知作者身爲人，在此文本內的心境流動如何。

## 2.13 寫作的品質（the quality of the writing）

(1) 了解作者寫作的水準，觀其文學品質在文學評論家眼裡的歷史地位。所謂品質，就是作者在文本中所反映的意圖與主旨，並指其風格、內容是否精緻處理。基本上，譯者必須主觀的判斷，感知文本的意義，研究文本的權威，鑑定究竟作者在主流文學的地位如何，還有作者平日全盤的寫作成績。

(2) 作品是否反應作者特殊的寫作個性與心境。

(3) 可考核文本的權威程度，看作者風格在文學界的重要性，觀其資訊的重要程度。若文本只是資訊類，則不考慮作者風格，卻要留意修辭好壞與閱讀效果。

## 譯者的翻譯實務

## 2.14 文本的字句：外在指涉與內在暗示（connotation and denotation）

(1) 翻譯字的意義，必先從外在指涉尋起。須從句子內以及上下句的前後呼應來決定，也應抓到內在暗示。尤其是翻譯文學類，最注重內在暗示。

(2) 譯詩是一種大考驗。詩的單字常有多層意義，富於文字遊戲、音韻、效果、節奏等。原詩是曖昧的單字，轉換到譯詩中，通常都須譯成帶了詮釋的清楚單字。

(3) 翻譯非文學類時，單字的字典義，單字的表面指涉，一定都比暗示更有意思、更要緊。至於多層字義，不論是文學類、資訊類、操作類的文本，皆極難翻譯。

## 2.15 判斷原文讀者群（the ST readership），設定譯文讀者群（the TT readership）

(1) 譯者根據原文的內容、風格、文字，評估原來讀者群分佈：年齡層、性別、教育程度、社會地位等。

(2) 若將讀者分級，約可分為專家、高知識份子、一般大眾、少年兒童。譯者須判斷原文讀者，設定譯文讀者。

(3) 選定的譯文文體等級，先根據原文讀者層級，再設定譯文的讀者階層。讓譯文文體與譯文讀者的程度互相一致。

(4) 比較原文與譯文的時空背景、讀者的接受度，預設譯文讀者所能接受的語言轉換。

## 2.16 最終校讀（the last reading）

譯者檢視原文，會遇見許多新穎字詞、暗喻換喻、特殊文化詞、政治機構組織、專有名詞、科技術語，都是譯文所缺的詞彙。這些大半起於文化差異，必須一一註記處理。

譯者分析與解讀字義，本是一種自然的直覺。雖是按各人的語言能力與人生的經歷所磨成的直覺來解讀判斷，但也需要用字典處理這些麻煩字詞。因為字典供應的解讀功用很多，其一，是提出單字的語義範圍，通常有1、2、3之編號，從最常用的意義，依序編列。排名最尾的，常是詩的用語，或罕見字義，或古有今無的意義。其二，附

加了例句，供人看透字詞搭配，其三，標有基本的字義（字典基本字義，常有多種選項），供譯者擇取，轉為譯句。先根據基本字義，譯者再依上下文決定其延伸意義。

原則上，譯字三步驟：第一步，依據本句以及本句的上下句，粗略定其意義。第二步，脫離上下文，進到字典、網站尋找核心字義。第三步，再返回上下文，拼湊配對，並且檢視核對，看該字義是否與句子相貼相合。

## 小結

譯者解讀原文，就是文本分析，等於以翻譯為目標的文學批評，從全文到字句，再從字句到譯文，這是一種翻譯過程。譯者須先挑選標記單字詞組，這時會有譯者的語言與文學意識來導引。分別標出能掌握與不能掌握的字詞，才加以翻譯轉換。其實譯者翻譯實作時，並不會如此一板一眼的硬性標記，總是只挑難字，再借助工具書或網路媒體，設法找出最妥貼的譯義。譯者必須著眼於作者、文本、時空、媒介、讀者，解析用整合，判別原文的特質，才設定譯文的特質。

# 第三章　翻譯方法

## 3.1 翻譯路線

翻譯實務並無呆板通則，譯文也絕無正確譯本，但有些翻譯路線是需要認識的：

(1) 直譯（literal / direct translation）
(2) 語意翻譯（semantic translation）
(3) 文學翻譯：美學導向（literary translation）
(4) 音譯（phonological Translation / Transliteration）
(5) 溝通翻譯（communicative translation）
(6) 改寫/改編（Rewriting / Adaptation）
(7) 自由翻譯（Free translation） / 不顧形式之意譯

## 3.2 直譯（literal translation / direct translation）：以字意爲本的翻譯路線

直譯，把原句構轉爲相似的譯句構。翻譯時，格外注重句法形式的轉換，並非美感的文學形式，而是針對文法句構的形式。直譯，只

構成譯文前置稿（pre-translation）。可呈現原句的本意，卻不呈現文體美感、詩韻節奏等。

　　直譯與逐字直譯，都無法傳遞原句的整體意涵（sense or meaning）。直譯的功用，偏向說明性，而非內涵呈現。如前面例示，詩的直譯或逐字直譯，能有效的指示字義，絕非呈現意境。

　　literal translation，也可用metaphrase來取代。metaphrase這字，主要指字對字、行對行的翻譯。用來探討翻譯理論（Baker ed. 2001: 153）。metaphrase與paraphrase二字彼此對立。paraphrase是意譯，常指把詩翻譯爲散文的方法，或把片語意翻譯出來（Baker ed. 2001: 166）。

　　單字直譯，可分爲字面元素（morpheme）與聲音元素（phoneme）。特殊情況下，譯者得同時顧及二個層次，有時只能偏顧其一。

　　整體而言，直譯必定造成偏失、缺漏、甚至錯誤。採用直譯時，譯者注意力總是落在原文的單字或片語而已，並不看重原文意義與讀者之間的溝通，也不在意作者所呈現的內涵隱意，以及文學形式之美。直譯也有用處，可讓讀者明白原文的字彙意義。

　　直譯可細分爲：逐字直譯、字面直譯、片語直譯。

## 3.3 逐字直譯（word-for-word translation / word-based literal translation）

　　逐字翻譯，是字字比對，不考量句與句的關係，常直接採用相近的字典義。字之下，更小單位是字形、讀音，有時翻譯亦須顧及。實際上，逐字直譯仍依據全句意義爲準，才擇字。主要功用是比對原文與譯文。必須根據原句的字序，使譯句的詞類單位逐字對應。各語言

都有的字序，所以比對原語與譯語的基本句構，才能妥當的進行翻譯（Bergmann, Hall, & Ross, eds. 2007: 221）。這種譯法是初步分析，預備而已，只是譯文前置稿（pre-translation）。

　　逐字直譯常用於翻譯詩詞。詩的原字，常展現歧義，跳脫平常用字，在譯文，卻是簡單直譯較有效。底下以王之渙〈登鸛雀樓〉說明：

　　　白日依山盡，
　　　黃河入海流。
　　　欲窮千里目，
　　　更上一層樓。

　　這是五言絕句。每行五字，二、四行押尾字韻，詩內單字也有互相呼應的音韻，如「白、海」的ㄞ，「窮、更、層」的ㄥ，「依山、千里」呼應的ㄧㄢ、ㄢㄧ交錯韻，「黃、河」的押頭韻ㄏ。翻譯初步，先不細究。古詩沒有標點，但英譯必須按慣例，加上標點。

　　底下對照四位譯者的譯稿，可參考不同的字譯方法。編號(1)是葉維廉（Yip, ed. & trans. 1976: 318），編號(2)是許淵沖（Xu, Loh, & Wu, eds. 1987/1998: 14），編號(3)是施穎洲（施穎洲譯，2007: 33），編號(4)是唐安石（Turner, trans. 1976/1979: 97）。葉維廉採典型的逐字直譯。最後才全部重組，變成定稿譯詩。

| 登鸛雀樓 | 王之渙 |
|---|---|
| (1) Ascend the Heron Tower, | Wang Chih-huan |
| (2) On the Stork Tower, | Wang Zhihuan |
| (3) Climbing the Crane Tower, | Wang Chih-huan |
| (4) On Top of Stork-bird Tower, | Wang Chih-huan |

白　日　　依　　　山　　　　盡，

(1) white sun　follow　　mountain　　　　end

(2) the sun　　beyond　the mountains　glows

(3) The white sun sinks below the Mount

(4) As daylight　fades along the hill,


黃　　河　　　　入　　海　　流。

(1) Yellow river　　　enter　sea　flow

(2) the Yellow River　seawards　　flows

(3) The Yellow River　flows to sea.

(4) The Yellow River　joins the sea.


欲　　　窮　　千　里　　目，

(1) to;want　exhaust　thousand mile eye/sight

(2) you can　enjoy　　a grander sight

(3) To have full view of thousand li[1].

(4) To gaze unto infinity,


更　　　　上　　一　層　樓。

(1) again/once more　up　　one level　tower

(2) by climbing to a greater height

(3) Climb up one story more must we.

(4) Go mount another storey still.

---

[1] The Chinese mile.

**底下是編號(1)的英譯定稿：**

White sun ends with the mountains.
Yellow river flows on into the sea.
To widen the ken of a thousand miles,
Up, up another flight of stairs.

　　從語言情境來解讀：逐字譯是第一階段，呈現字典義（lexical meaning）。第二階段，根據全句合成片語義（phrasal meaning）。第三階段，依照上下句調整爲句子（contextual meaning）。第四階段，是文學層次的翻譯，以創意解讀、改稿，呈現比喻或寓意（metaphorical meaning）。

## 3.4 字面直譯（literal through-translation）

　　文學翻譯之外，科技法政的翻譯會出現資訊的組合字，均可直譯。如bluetooth／藍牙，spiderman／蜘蛛人，money laundering／洗錢。這是借詞直譯（a calque, or loan translation），徹底的字面直譯。只可偶爾一用，功用是銜接兩種文化。

　　國際組織的名稱，最需要借詞直譯，如EU（European Union）／歐洲聯盟，簡稱歐盟。WHO（World Health Organization）／世界衛生組織。組織越出名，借詞直譯越是有效。觀光指南或旅遊資訊，若採用字面直譯，難免生硬，易遭挑剔。眾所皆知的名稱，用字面直譯有效，但名氣較小的組織就不合用了。

兩文化與語言相近時，借詞直譯相當有效。如英、法、德語，同有拉丁語源頭，轉換起來很有效。但中英翻譯時，兩種語言與文化相差甚多，這種直譯常常失靈，採音譯解危最好，如gene／基因，法語：montage／蒙太奇，logic／邏輯。字面直譯，主要在處理字詞，不是片語。

## 3.5 片語直譯（phrase-based literal translation）

直譯以片語爲單位，就與逐字直譯或字面直譯，頗有不同。

**例如：in a hurry**
　　逐字直譯：在／朝/向，一／一個／任一，急忙／倉促／忙亂
　　片語直譯：匆忙的／很快的／情願的

**例如：on thin ice**
　　逐字直譯：在上／朝／向，薄的／稀疏的／微弱的，冰
　　片語直譯：處於危險境地／處境堪慮／情況危急／困境中／如履
　　　　　　　薄冰

片語，有普通組合的，受限於文法的意義。也有特定或慣用的，其語意深受原文文化與語言用法的導向。翻譯片語，多少靠著詮釋，單單直譯，未必行得通。

## 3.6 語意翻譯（semantic translation）： 以句子意義爲本的翻譯路線

20世紀語言學與翻譯結合，產生語意翻譯。語意學（seman-

tics）追求語言的意義（meaning）。語意起於單字、片語，也起於
符號、象徵。語意從字義（word-meaning）與句意（sentence-mean-
ing）著手。再來是句與句的關係與語意。語意翻譯，重在處理字與
句的單位與「作者本位」的翻譯（注意作者意向）截然不同。

句子的翻譯單位分類如下：

(1) 字素翻譯（morpheme translation）
(2) 單字翻譯（word translation）
(3) 片語／詞組翻譯（phrase translation）
(4) 句譯（sentence translation）

## 3.7 字素的語意翻譯

字素翻譯會考量字頭（prefix）、字尾（suffix），譯者藉此辨認
細緻感覺與意義，有助擇字。一個字拆解了，更小單位叫字素（mor-
pheme）。兩語言若有對應的字素，譯者就容易翻譯細膩意義。例
如：

(1) multicolor　　多色，多重色澤
　　multi----　　　多的，多重的
　　color----　　　顏色，色彩，色澤

(2) semicoma　　半昏迷，輕度昏迷
　　semi----　　　半的，部分的
　　coma----　　　昏迷，昏睡

(3) interst　　　興趣，愛好，關注

　　interesting　有趣的，令人關注的

　　interested　　感興趣的，關心的，有私心的

## 3.8 單字的語意翻譯

　　單字的語意翻譯與逐字直譯不同，模式上是一字對一字，但直譯脫離句子，以字典義為主。語意翻譯，以句子與全文為背景，斟酌其意義。

　　單字的意義（meaning）有多層，有概念的（conceptual meaning）、指涉的（denotative）、關聯的（associative）。字的關聯意義，細分也有內涵的（connotative）、社會的（social）、情感的（affective）、反照的（reflected）、搭配的（collocative）、更時比喻的（figurative）與象徵的（symbolic）（陳善偉，1991/1993: 115-43）。

　　任何單字都有關聯意義，並非固定。字意，像一顆小石頭扔進湖心，落水點起，向外激起漣漪，圈圈向外擴張淡化。會依據周圍情境，衍生關聯意義，可能是社會的、情感的、反照的、搭配的、比喻的、象徵的意義等。這些關聯性的意義，也會觸及兩種語言間的文化差異，解讀時須留意。

　　語意翻譯的步驟，總是從句子內部單位開始。原文譯文之間的比對，須注意語意對等（equivalence）。同義字最對等，有益擇字，譯者須熟練。例如，教室／課室、房子／屋宇、臥房／寢室、傷心／難過、因為／由於、如果／倘若、彷彿／好像。delay / postpone, enemy / foe, mountain / hill, pain / suffering, human / person. 不論同種或異種

語言，都有三方面的對等（第三種延伸到片語）：

(1) 實物對等（object equivalence）：字詞指涉外界的實存之物，可對等互換。例如，教室／課室、房子／屋宇、果實／果子、樹林／林子、山丘／小山。

(2) 概念對等（concept equivalence）：字詞指涉內心的觀念與心思，可對等互換。例如，人／人類、由於／出於、假如／要是、如同／有如。

(3) 事情對等（event equivalence）：字詞指涉內心的觀望，內外經驗混合，觸及了時間、空間人事物。例如，一起早餐／共同晨膳、同走人生／共赴生涯。

　　譯者唯有以全句意義為導向，才能找到妥貼的語意。語意整合，譯句定稿，起初的「單字直譯」必失去作用。不論譯散文或詩，直譯與語意翻譯的關係皆是如此。

(1)
（If I had been asked in my early youth whether I preferred to have dealings only with men or only with books, my answer would certainly have been in favour of books. 接下句）
In-later-years,-this-has-become-less-and-less-the-case.
在－較晚／晚近－年歲／幾年－這／這個－已經／曾經－較少－與／和－較少－這／那－事例／事情

(2)

春—花—秋—月—何—時—了

spring- flowers/blossoms-fall/autumn-moon/crescent-what-time/
when-cease/end

往—事—知—多—少[2]

Past/Former/-events/happenings-know/perceive-more-less

即使直譯，亦須詮釋與選擇。每個字的翻譯皆有多種選項。相比之下，散文句虛字較多，如介系詞、冠詞、連接詞，所以逐字直譯，效果不彰。倒是詩歌逐字直譯，還能幫助外國讀者了解用字。最終譯稿，總須整合詮釋，決不是單字直譯可勝任。

## 3.9 片語／詞組的語意翻譯

片語也是單字組成，但全部意義並非單字總和。成語或慣用語，意義較爲獨立。片語自成單位，譯者須靠上下文來詮釋。

| (1) In later years , -this | -has become | -less andless the case. |
|---|---|---|
| 在近幾年　　-這 | -已經變得 | -越來越不是這樣了。 |
| 近年來　　　-這事 | -已變成 | -不是這回事了。 |
| | | |
| 最近幾年　　-這情形 | -早已 | -越來越少了。 |
| 晚近年歲 | | -越來越不行了。 |

---

2　選自李煜的詞，〈虞美人〉。世人稱之李後主（西元937-978）。

(2) 春花—秋月—何時了

Spring -flowers/blossoms -fall/autumn -moon/crescent -what -time/
when -cease/end

往事—知多少

Past/Former/ -events/happenings -know/perceive -more -less

## 3.10 句子的語意翻譯

句子意義不等於片語或單字的總和。單字意義總和，低於片語意
義的層級，以片語意為主。片語意義總和，低於句子意義的層級，以
句意為主。句與句的意義總和，低於全段意義的層級，以全段為主。
例如（符號 <，代表「大於」）：

(1) In-later-years < In later years
    this-has-become < this has become
    less-and-less-the-case < less and less the case.

(2) 春—花 < 春花
    秋—月 < 秋月
    何—時—了 < 何時了

(3) In later years, -this has become -less and less the case < In later
    years, -this has become -less and less the case.

(4) 春花─秋月─何時了＜春花秋月何時了
　　往事─知多少＜往事知多少

上例的the case，若少了前句的意義背景，譯者就難以斟酌，不易翻譯。

語意翻譯看意義高於文法句構，且語意不由語言本身決定，須顧及句與句、句與篇、句與社會文化的關係，才能翻譯貼切。

## 3.11　文學翻譯（literary translation）：美學導向。以作者爲本的翻譯，以心境爲本的翻譯

文學翻譯深受美學的指導。除了翻譯內容，更需呈現美學形式。

西方文學形式以詩、小說、戲劇、散文（非資訊類散文）爲主。中文作品體裁多變，有史書、傳記、遊記、駢體文、賦、詩話、詞話等。中外文學作品的構成，皆以語言、形式、作者意旨爲骨幹。文學翻譯，在三方面都要考究與詮釋，更是要呈示美學經驗。

美學（Aesthetics）是感覺學，研究美的本質與意義，是哲學的一支。美學源自希臘觀念，指人從觀照得來的感受。美學感受一直與理性認知互相對立[3]。因爲希臘形上思想，所以美學的「感性經驗」一直與「理性認知」抗衡。現代觀念認爲，美學研究人心的「經驗感覺」及意義。感性經驗之後，總有理性認知，只是先後次序的歷程問題。對立觀點不是唯一，歷程的美學觀貼近中國的心境思想。

文學作品的美質，就是作者的心靈經驗。譯者必須解讀，體驗原

---

3　https://en.wikipedia.org/wiki/Aesthetics (2015-12-09)

文的心靈與感官之感受，並藉語言呈現，更要顯其美學形式。因此，譯者不免帶有創作的現象。

　　文學作品藉著語言文字而構成。供應讀者一個龐大的想像世界，或瞬間的想像空間。譯者須凝神於作品本身，專注解讀，感受美質、愛、高貴（Sircello, 1989/2014）。亦須凝神於解讀者自身，專注自己心內變化及參與，再重疊二方面經驗，譯出作品的語意、形式、境界。譯者即讀者，應歷經語意解讀、內容形式，以及美質展現。這種文學翻譯，也是美學翻譯。須考慮文學形式的語言旨趣，如雙關語、擬聲詞、速度感、修辭等，更深是考慮詩的節奏音韻，等於處理所謂「不可譯」的範疇。

## 3.12 心境本位的翻譯（heart-centered translation）

　　從美學翻譯的範疇，可衍生心境本位的翻譯路線。心境本位不是作者本位。作者本位，講究作者意圖。心境本位，講求作者的心境，而意圖只是心境的一部分。譯者不必把作品與作者分裂成兩單元，可看待作品為作者心境藉語言之外顯。作者心境是作品內涵的本源。譯者透過語言與文學形式，取得作者心靈境界，再以譯文展現。

　　這種翻譯路線，不讓文本物化，卻要文本與作者心境密切關連。任何文本都是心靈的顯現，心靈也含了作者的思想、情感、意志，這才是文學作品的價值所在。所以翻譯作品，就是翻譯心境，故稱之心境本位的翻譯（唐君毅，1986: 441-60）。

**譯者在譯文必須呈現的重點如下：**

(1) 表現作者所選擇的表面字句，以及文法結構。

(2) 展現作者的美感經驗，就是作者用心溝通給讀者的思想及情感。

(3) 再現作者藉語言所精心設計的文學形式。

(4) 浮現或隱現作者所暗示於文字內的意思、想像、心境等。

　　這種翻譯路線，譯者解讀時，一方面容許些微的主觀詮釋，另一方面當盡力追隨原文句構，再依據譯文特有的句構，展現原文的心境。若有意涵深沈的文化詞，只能採用生硬外國語式呈現。譯文縱有不規則現象，違背原文的語言規則亦無妨。原文句法與用字若有特癖性（idiosyncrasy），正是作者設計的特殊語言形式，即美學形式，都必須保留。不論譯文是轉換或轉化原文，重點是保留原文的書寫心境。文學翻譯的心境本位路線，極為注意作者意旨、設計形式，以及情感思維。就是要忠實的表現作者的心意與文學創作。紐馬克稱為忠實翻譯（Newmark, 1998: 46），嚴復稱為信達雅之譯（見一章1.10）。總之，心境本位的翻譯就是文學語言與美感並重的翻譯。

　　翻譯詩、小說、散文、戲劇等，一般都要譯出作者文學質地與語言特癖的表現。而心境本位的翻譯更深入，要呈現作品之內作者的心靈活動。

## 3.13　溝通翻譯（communicative translation）： 以讀者接受為本的翻譯路線

　　翻譯的努力不是要讓讀者難懂，是為了容易接受，期望譯文與讀者能溝通。溝通翻譯，亦稱交際翻譯、傳意翻譯。

　　比勒、紐馬克、賴絲傳承研究之下，文本依語言功用可區分三種：以作者為焦點的「主觀表現類」，以作品為焦點的「客觀資訊類」，以讀者為焦點的「閱讀反應類」。

　　紐馬克認爲語意翻譯，偏向作者與語言。溝通翻譯，偏向讀者接受與了解。二者各據山頭，互相對立。語意翻譯，適合創意型的「主觀表現類」。溝通翻譯，適合「客觀資訊類」及「閱讀反應類」。比如，翻譯國際財經文章，不用表現作者的文學修養，因爲讀者只注意物價指數、經濟成長率、國際貨幣等資訊數據。譯者必須處理：簡縮標題、拆句併句、加字減字、語言字序、舶來語、新詞音譯、簡略縮寫詞。目標是譯文傳達準確，避免僵硬文句，譯文通暢自然即可。這是以讀者爲重的溝通翻譯。

　　溝通翻譯與語意翻譯，都須正確（accuracy）與清晰（clarity）。然而溝通翻譯不必保留原文笨拙含糊的字句，不保留作者的寫作特色。反要多加修改，讓讀者容易理解。溝通翻譯看重社會交際功能，以信息與主旨爲傳遞焦點。這種譯文常比原文流暢。例如，原文只提到代名詞，譯文卻要清晰化而譯出名詞來，像標題"Power Needs Clear Eyes"譯成「美國必須更清楚自己要做什麼」[4]。"A Desperate Crossing"就譯成「漫漫長路歐洲難民悲歌」，"Ancient Relative Revealed"譯成「南非發現人類祖先新人種」[5]。一些文化的明喻、暗喻，都必須以說明方式譯出，方便讀者明白。各種翻譯方式都可用上，目的就是讓讀者快速接受。

　　本土翻譯／道地翻譯（idiomatic translation），也屬於有效的溝通翻譯。採用讀者熟悉的日常語、成語、慣用語，讓譯文展現本土語貌，在口譯上最爲有效。總之，要讓譯文自然靈活、親切易懂、容易溝通。

---

[4]　賴慈芸譯（2006）。翻譯教程—Part II 翻譯的習作（頁12-3）。台北：台灣培生。

[5]　CNN Interactive English Magazine (2015 Nov. No. 182) pp.6-7

## 3.14　音譯（phonological translation / transliteration）：
## 以聲音爲本的翻譯路線

　　音譯，以原文讀音爲準，改成譯文讀音。是聲音單位的替代翻譯。

　　音譯常用名詞。有三大類，普通名詞講日常生活，專有名詞講特殊性事物，以及狀聲詞／擬聲詞（onomatopoeia），注重聲音相似，加以模擬。

　　普通名詞有許多是音譯而來。例如，motor／馬達、sandwich／三明治或三文治、morphine／嗎啡、humor／幽默、whiskey／威士忌、sofa／沙發、pizza／披薩。中文英譯的，例如，太極／Taichi、功夫／Kung Fu。地區不同，發音習慣各異，會出現不同音譯。例如，bus／公車、巴士、公交車。

　　音譯與字義翻譯（意譯）有時併用。例如，Coca-Cola／可口可樂，laser／萊塞、激光、鐳射、雷射。

　　音譯深受語言、社會、文化的變動影響，有發展階段，特別是專有名詞音譯。初期幾乎是任意音譯，時日久遠，才會出現通行的固定譯名。例如，Chopin／蕭邦、New York／紐約（今人再不用新哈克）、Bach／巴哈或巴赫（至今並用；巴哈好唸，但懂德語的人認爲，巴赫的音準才正確）。官方譯名未必通用，可能只適於官場行文，民間自有音譯偏好。

　　擬聲詞亦多用音譯：例如，（鴨鵝叫聲）呱呱或嘎嘎／quack、（貓叫聲）喵喵／meow, miaow、喃喃／murmur。

中文外來詞，許多是音譯，有二種：

(1) 純音譯：常用在國家、地名、人名、物名、各學門術語、宗教術語等。

**國名**：例如，Italy／義大利、Vietnam／越南、Sri Lanka／斯里蘭卡。

**地名**：例如，New York／紐約、London／倫敦、Paris／巴黎。

**人名**：例如，Churchill／邱吉爾、Lincoln／林肯、Russell／羅素。

**物品**：例如，guitar／吉他。

**單位**：例如，karat／K金、（鑽石）克拉。

**術語**：例如，lymph／淋巴、shock／休克、montage／蒙太奇。

**宗教術語**：例如，Hallelujah／哈利路亞、Buddha／佛陀。

**科學字眼**：按讀音造字，例如，鐳、鈾、氟。

(2) 音譯加表意：

mug／馬克杯、golf／高爾夫球、UFO／幽浮、mango／芒果、sonar／聲納、Cambridge／康橋、ballet／芭蕾舞、mini-skirt／迷你裙、gene／基因。

音譯是必要的，因爲大眾喜愛異國風情，喜歡接受時尙而有現代感的翻譯。例如，loser／魯蛇。此外，若按功用而譯，無法保留外來語的新奇。有時，爲了讓商品突顯新鮮幽默，音譯絕對勝過意譯。想來，大眾愛吃漢堡（hamburger），但不喜歡「夾牛肉麵包」或「碎牛肉夾餅」。

要是Cola譯成「黑汽水」，恐怕喝起來，心裡的滋味少了很多。既譯成「可口可樂」，就洋溢舶來感。音譯，功不可沒！也是一種障眼法。

音譯與表意一併用，頗有創意空間。例如，UFO這一個詞是Unidentified Flying Object的縮減詞，大家耳熟能詳，至少三種譯法[6]：

(1) 意譯成「不明飛行物體」、「神秘飛行物」。
(2) 有創意的表意翻譯，是「飛碟」。（飛碟的英文原是Flying Saucer，常被混用。）
(3) 音譯與創意意譯重疊併用，是「幽浮」。幽浮是創造出來的意象，幽幽地浮在天際之物，極為傳神。

音譯，不論名詞或動詞，常有變動。歷史上，音譯是一種過渡階段，漸漸轉移為意譯階段。世人求新求變，商品須有新鮮感，語言也有成長興衰，所以譯名翻新，是自然不過的事。例如，picnic昔日譯辟克匿克，今日是野餐。parliament昔譯巴力門，今譯議會。Jehovah在太平天國曾譯爺火華，今譯耶和華。音譯的真正考驗，在雙關語（pun）、押頭韻（alliteration）、詩的母音韻（assonance）、子音韻（consonance）等。一面靠音譯，一面靠意譯的巧妙創意。mobile phone先是譯成行動電話、移動電話，再來就稱手機。celluar phone，譯蜂窩電話、移動電話、傳攜式電話，可攜式電話，後來也稱手機。Smartphone曾譯為智能手機、智慧型手機，如今稱手機。

以上翻譯路線，都在成全原文（SL）。以下翻譯路線，則以譯文（TL）為主。

---

6 https://en.wikipedia.org/wiki/Unidentified_flying_object

## 3.15 改寫／改編（rewriting／adaptation）： 以特定目的而改寫、改編的翻譯

　　改寫只是翻譯路線之一，權宜之計。改寫之作，不算翻譯作品，所以改寫也不算翻譯。若勉強算是翻譯，也是最隨意最自由的翻譯形式。

　　改寫只是不完整、殘缺、攙雜譯者己意的翻譯，是一種小規模的翻譯手法。原文有文化詞，是譯文所沒有的，譯者就採用類似創作或編造的方式，重寫而譯。改編（adaptation）、改寫（rewriting）、重寫（reorganization）都屬再創作（re-creation）。主要用來翻譯文化特徵（Vinay, & Darbelnet, 1995: 39-40, 2004: 134-36; Baker, ed. 1998/2001: 5-8）。

　　文類劇烈改變時，最需要改寫，例如，戲劇改成小說、詩改為散文。翻譯而改寫文本時，原文主題、人物、情節、文化背景，都得保留。翻譯改寫的能力，在於譯者的文學素養。

　　若不換文類，只改變內容，比如，影視翻譯的題目翻譯，並不維護原文的形式與語意，只與原文略有牽連而注意行銷效應。大家常笑話電影名稱的怪誕翻譯，其實那是改寫而已，基於商業考量。廣告文辭的翻譯，也倚賴改寫，其翻譯目的，不在保留原文風味，而在追求廣告效果。

　　改寫常用於經典文學的類型轉變。例如，中文《白蛇傳》、英文《羅密歐與茱麗葉》，原是古典故事，為了適應時代的意識變遷，一再翻譯，反覆改寫，以迎合新的讀者或觀眾。

## 3.16 自由翻譯（free translation）：以譯者自主的翻譯

　　自由翻譯，亦稱意譯。譯者以自己的話，重講原意，不在乎形式是否相似。自由翻譯與不自由翻譯，互相對立。

　　不自由翻譯，指信實翻譯（faithful translation）。希臘羅馬時代堅持字對字翻譯，才是最高的翻譯路線。後來出現片語對片語的翻譯（phrase-for-phrase / paraphrase），是西洋翻譯史上最早的意對意翻譯（sense-for-sense translation）（Munday, 2012: 30-1, 42-6）。於是字對字翻譯、意對意翻譯、自由翻譯，三者相抗。英詩人德萊登後來另換名稱：metaphrase，注重形式對等的翻譯；paraphrase，捕捉原文的語言流動，期望達成動態對等的翻譯；imitation，自由自在的模仿，或劣或優，在於譯者能力（見一章1.12）。

　　信實翻譯對抗自由翻譯，這屬於高層次的理念對抗。字對字對抗意對意的翻譯，是低層次具體實作的抗衡。

　　西洋古代翻譯大師耶柔米（Jerome），面對直譯與意譯，選擇了意對意翻譯，但是注重句與句的對應，不在乎片語的對應。當時他面對自由翻譯與忠貞翻譯（fideltity translation），則選了忠貞翻譯，只是不走忠貞翻譯的路線（片語對片語的翻譯）。句子是他的翻譯單位，於是產生信實翻譯（St. Jerome, 395CE/1997: 22-30）。

　　自由翻譯展現原文意義，卻不管字、片語、句子的形式對應。通常把精簡的原文譯得處處鬆散，旨在講清楚、說明白。彷彿同語言的翻譯，把文言文譯白話，於是精密的變鬆弛，簡短的變漫長。

　　上述翻譯路線都是大方向，底下是應付翻譯實作的小方法。

# 翻譯方法（translation methods / skills）

## 3.17 同義字（synonymy）

同義字，指一字有其他語意類似的字眼。翻譯時，可使用同義字解決譯字的困難。

如果原文有某個字詞，在譯文裡找不到對應的字詞，就採用相近的字詞。字詞的對應，常出現在語言母源相近的語系，比如，英文與法文、英文與德文，都容易找到對等字詞。但中英譯、中法譯，因為中文的字詞形態與英法差異極大，很難找到對應字詞。

翻譯句子裡的形容詞與副詞時，例如，中文的「為人辛辣」，未必使用辛辣字。只要選擇同義字，又能與「為人」配搭的就行。

例如，英譯「黃色笑話」，不可用yellow，只用同義字blue jokes。或譯erotic jokes, dirty jokes。直譯不管用時，才是同義字上場的良機。換個字就能譯成，也就不必大張旗鼓對此字詮釋，越簡潔，越令人喜愛。

## 3.18 轉換（shift）

轉換，廣義是翻譯時，兩語言互換。狹義指文法詞類、句構位置的變動。

翻譯有時是強制性轉換，因為原文譯文的句法有根本差異，例如，單複數的變化，譯者非轉不可，無選擇餘地。例如，houses／房屋／屋子，在中文無法讓房屋、屋子加上複數變化，更不能加上「們」轉成「房屋們、屋子們」。譯者須藉該字前後的複數字及數量詞，表達複數。再例如，馬馬虎虎，是疊字，轉換英文所涉及的層

面，就不止語言，更是牽扯了文學、文化、語意等。

原文文法結構，若是譯文所無，只能自行選項處理。例如，prejudice against / for, bias against / for，中文的「偏見」，並非中立的名詞。英文藉著agaist / for指出prejudice / bias的褒貶，但中文須另找方式，譯出正或反的語意。

英文的分裂句，例如"It is kind that you come to visit us." 以及動名詞，例如劃底線者，Your <u>singing</u> is amazing.都是中文所無。英文動名詞，身兼動詞、名詞，呈現了二重功用，動態動作與靜態指名，譯成中文最容易轉換詞類，可改為動詞。

中英句構頗有差異，中句「主題—評論」，對比英句「主語—述語」（Li & Thompson, 1981: 85-91）。翻譯時，有需要大幅度轉換位置。

此外，由繁改簡，一個複合句可變換成一個並列句，或二個簡單句，也可由簡改繁。繁簡之轉，只要維持原句語序，最能保住信息重點。改換語序，變動位置，有時不是考慮句法差異，而是為了文體修辭，這是譯者的美學考量。

不同的文法單位，亦可互換，比如子句轉片語。特別是英文形容詞子句，或介系詞片語，轉換成中文時，位置會調動。

字詞互相對應的，採直譯，是最方便的轉換。只要依上下文調整譯法，可避開直譯的不自然。彈性較大的文法轉換，總能處理字詞直譯的困難。譯者需注意所譯的對應字，合不合譯文時空。例如bus中譯，依不同地區，會有巴士、公車、公交車等不同譯名。

翻譯轉換的細項，最常見是詞類轉換，其中以轉成動詞，會使句子靈活起來。動詞轉換有幾類：

(1) 名詞轉換動詞：

例如，inspire / inspration（感動、靈感）、decide / decision（決定）、manage / management（經營、管理）、entertain / entertainment（招待、娛樂）、exam / examination（測試、檢驗）、explain / explanation（解釋、說明）等。依狀況，名詞也能轉回動詞。

(2) 動作者轉換動作：

許多動作者，是動詞加上-er構成。例如，sing / singer（歌唱、吟唱）、speak / speaker（說、發表）、teach / teacher（教導）、tell / teller（敘述、講說）、join / joiner（連接、結合）等。這類名詞本身含有動作，容易轉爲動詞來譯。

(3) 片語轉換動作：

有些片語帶有動詞，可轉爲動詞來譯，例如，take notice of / notice（注意、留神）、have a break / break（暫歇、中斷）、take a look / look（瞧瞧、眺望）、take a walk / walk（散步、走走）。

(4) 形容詞轉換動詞：

人的心境，在英句常用「連綴動詞+形容詞」（S+ Linking V + Adj.）句型呈現。連綴動詞主要是Be動詞。這些感官意識的形容詞，內含動態，容易轉換動詞來譯，例如，angry / anger（生氣、氣惱）、sad / sadden（令其黯淡、令其悲傷）、exciting / excite（刺激、引起）、silent / silence（使安靜、使沈默）等。有些形容詞與動詞同形，例如，calm / calm, quiet / quiet，轉換動詞來譯，也是方便。

偶有副詞轉換詞來譯，都隨譯者巧思。常見之例是out。球賽

時，out是球員出局、球出界。失火時，out是撲滅。趕人出門時，out是滾蛋。出版界，out是出版了。

　　只要翻譯所需，譯者可自由轉換詞類，但求句中信息、經驗、心境能貼切表達。

## 3.19　擴張與縮減（expansion / addition & reduction / subtraction）

　　翻譯的擴張與縮減，就是所謂的增譯、減譯。是較不精確的譯法，靠譯者主觀判斷使用。

　　擴大／增譯（expansion），是譯文增添原文所無的詞彙。例如，lonely hearts／寂寞芳心／寂寞的心／寂寞心，因為加上芳字，芳心便另成新意，也豐富了文化內涵。這心若是男士的，就得另外處理。不過a lonely hearts column在英式英語，指報紙徵友欄，男女不拘。

　　譯者增加的詞類，五花八門，只要符合翻譯目的就行。原文筆拙或語焉不詳，需要詮釋，就用上擴大與減少的譯法。

　　使用「增」、「減」說明翻譯，其實，已事先假設原文譯文必須形式對等，才有增減可言。這違反了翻譯現象。翻譯並不是死守單位的對等。所謂增譯、減譯，是詮釋的必然現象，屬於譯後描述（post-description），不是譯前規範（pre-norm）。

　　例如，three cats若譯為三貓，是文言文，只要文體需要，亦無妨。若譯三隻貓／三隻小貓／三個貓咪，是譯者的選擇。根據翻譯目的與策略，詮釋不同，譯法就不同。很難說三貓不妥當，而三隻貓是增譯。若翻譯策略設是文言文，譯「三貓」豈算錯。再如three sons譯為三丁／三子／三個兒子／三個男孩／三個男丁，依文體不同，目

的不同，翻譯選項也不同，不必用增字解釋。只是中英量詞的轉換問題。

英文a / an，翻譯時附了量詞，可說增譯，也是量詞轉換。例如，a pen /一支筆、a boy /一個男孩、a tree /一棵樹、a thought /一個念頭、a moon /一輪滿月，是轉換加詮釋，說增譯亦可。例如，a tree /一棵大樹、a man /一介小民，是轉換與文體考量，說增譯亦可。

複數轉換，並不能都在名詞後面加「們」。有多種方式，疊詞、數詞、形容詞，可表示複數，例如，men and women /男男女女／男女老少、people /人人／百姓／眾人／一般人、thoughts /種種想法、mountains /山巒／群山。

至於減譯，也是省略的方法，目標是精簡。

## 3.20 補充（compensation）

原句的意義、音韻、暗喻等信息或美學效果，在譯句對應之處，無法立即表達，就改在句中其他地方補譯，或在下句補充譯述。

## 3.21 譯註說明（notes & glosses）

譯文無法詳盡的展現原意，就需要註解說明，例如，文化詞、科技專用術語。文學翻譯以作者表現為主，如有註解，切忌妨礙原文的流暢。這種註解最好置於譯文之外，通常在章尾註釋。有時直接加字，說明文化細節，例如，酒吧名叫「楓樹」，英譯就把店名加bar字，讓讀者了解。反之亦然，許多專有名詞在原文盡人皆知，在譯文卻生疏，例如，廣告類「滿千送百」，英譯須講明滿千元贈百元。

　　譯註是針對譯文讀者,不是給原文讀者的。原文若有註解,是給原文讀者的,不是給譯文讀者。譯註,總是針對譯文讀者之需,至少有四種:

(1) 句中或句尾的夾註。以圓形括號在句中或句尾,直接插隊進來說明。例如,(譯註:某某某)。若原文有錯,就用方形括號訂正。例如:〔唐宋期間〕,藉此提供正確資訊。這種嚴格的勘誤寫法,適用正式論文。提醒讀者,這是外來的勘誤。若是文學或資訊翻譯,應盡可能讓補充資料穿插文中,不干擾讀者注意力。句內譯註有缺點,讀者會分不清到底資訊是作者或譯者的。若是註解太長,應改用第(2)種方式。

(2) 頁尾註腳。把譯註放置當頁之尾,一目瞭然。

(3) 章尾的註解。不及頁尾註利於讀者快速閱讀,卻比書尾的總註方便。

(4) 書尾的總譯註,或附錄、詞彙表。值得注意,書尾譯註是最後才附頁碼。但譯書的頁碼尚未定案,所以略為費事。

## 3.22　字面借譯(through translation)

　　字面直譯,最方便翻譯科技法政的術語、專有名詞、機構組織名稱。例如,UN(United Nations)聯合國。Global Warming全球暖化。superwoman女超人(字面應是超女人,須修改)。國際組織越出名,借詞直譯越有效。觀光旅遊的資訊翻譯,充斥小地方、小景觀的譯名,也會字面直譯,卻因景點不夠有名,譯名效果欠佳,只靠譯者或主事單位,自行斟酌了。

　　兩文本的文化與語言越相近，字面直譯越有效。在歐語間，直譯互譯頗有效。但在中文與歐語之間的翻譯，因語言文化差距太大，字面直譯就會失靈，只能求助音譯解危。

## 3.23 外語內借（transference）

　　外語轉借是原字借用，將原文字詞，直接借給譯文使用。不算翻譯，只是方便手法。在拼音符號的語言之間，這是「向外借字」（borrowing / loan translation）。把原文（外語）單字直接移進譯文。功效有三：一、補充譯文所缺的意義。二、增加異國風情。三、附上他國文化質感。借字效果，常出現在相近的語系，例如，英文goal借到印尼文成了gol，football借字就成了futbal。

　　中文特殊，與英法、希臘文、西班牙文等符號系統不同，中譯時，外語轉借不如音譯方便。英文無法直接入中文，所以外來借字音譯居多，例如，blackmail／黑函。New York若譯「新約」，是偏於向外借字，譯「紐約」是音譯，只是「新」字，在歷史變遷下，已不討喜。有些特殊領域，偏好借字混用，例如，林sir、Miss周。外來字（如日文）直接出現在中文，稱為混用。

　　若是外來片語被直譯過來，稱模仿片語（calque）。例如，make love／做愛，譯詞本意與性交相近，然而焦點置於愛字，比起性字，委婉動聽。從中文仿譯到英文的，例如，丟臉／lose face、走狗／running dog、紙老虎／paper tiger、好久不見／long time no see。

　　外語轉借容易醒人耳目，常和特殊文物、流行時尚、異國風情、商界新貨（物件、儀器、藥品等）相連，可產生翻譯創意。若帶有權威性更好，例如，Starbucks與McDonald，都適合外語轉借，在法德俄等譯文直接出現。中譯時，只能音譯加上外語轉借，成了星巴

克與麥當勞。名氣大的公司或品牌，都偏愛外語轉借。文學或廣告的翻譯，爲了突顯有內涵的文化詞，或有風味的景點、民宿、旅館、酒吧等，外語與音譯併用，極爲有效。例如，pop art／普普藝術（通俗藝術），法國的Provence／普羅旺斯，引人遐思。

　　外語轉借，其命運略似音譯，在追新求變的時代腳步下，難免過時。

## 3.24 同化／本地化／入境問俗（naturalization／localization／idiomatic translation）

　　調整原文的字詞，以符合本地的表達方式。歐語互譯所合用的本土化，只是依照原文發音，改一改字母就成了譯文字詞。英譯中，例如，God譯爲上帝。Philadelphia／費城（音譯：費拉德爾費亞）、Pennsylvania／賓州（音譯：賓士爾娃尼雅），是簡化語言，按華人習性來譯。英美的人名中譯，有的按照洋俗翻譯，例如，Sparks／斯派克。有的仿華人姓氏，家姓置後，是Sparks／史派克。至於文學翻譯上，是否讓家姓置後，就看翻譯策略了。

　　還有些成語或文化詞，例如，"The naked truth" of the event … ／真相是／本相是／（直譯是赤裸真理）。Time is money. 現代人習於直譯爲「時間就是金錢」，以前也有入境問俗的譯法，「工夫便是錢財」或「一刻千金」。crocodile tears／鱷魚眼淚。Rome was not built in a day. ／「冰凍三尺，非一日之寒」。至於這些是否同化，是否有效，端看今日是否仍有人使用，以及使用頻率如何。

## 3.25　約定俗成／既定之譯／習慣之譯（conventional / recognized translation）

　　許多專有名詞已有公認譯法，例如，美國總統Obama／歐巴馬（台灣譯）／奧巴馬（大陸譯），按地域不同，也有所謂官方譯法。約定俗成的譯法，就是既有譯法、固定譯法，在眾人的習性裡帶有某種權威在，例如，John是約翰，少有人譯成約漢。Beckham是貝克漢，為了強調他是男性球員，是漢子名星，就少有人譯為貝克翰。London Times一直譯為泰晤士報，若是改為倫敦時報，未必讓人接受。就像New York Times是紐約時報，恐難譯為紐約泰晤士報！再例如，Bach／巴哈已是約定俗成的譯名，懂德文的音樂人，都盡力糾正為巴赫之譯音，似乎效果不彰。最明顯的例子，是紅茶之譯，固然紅黑大不同，black tea卻是既定英文，不得他譯。

　　對一些既定譯法，若譯者有心創新改譯，可以加上註解或簡短說明，以表示譯者另有見解，不贊同約定俗成的既定譯法。

## 3.26　初次標示（initial translation label）

　　新術語、新產品、新專有名詞，常有暫時譯法，第一次出現時，可使用引號標示加以突顯，隨後於行文中不再用了。英譯中的散文，有特殊名詞初次出現，就在後方加上圓括號，附英文字，隨後就不再附了。

## 3.27　合併（couplets / triplets / quadruplets）

　　翻譯文化詞，通常使用多種合併譯法，才能顯示原字詞的文化意涵。例如，vitamin／維他命，是外語的音譯與意譯併用。shopping／血拼（購物），音譯、意譯、詮釋三者併用。T-shirt／T恤（短袖圓領汗衫）／雞心領汗衫，外語轉借、意譯、模仿譯法等併用。hacker／電腦「駭客」，是意譯、意譯、詮釋併用。併用譯法，頗需音譯的介入。

## 3.28　調節（modulation / alteration）

　　調節的意思，與調整、微調相近。指觀點與思考方式有所改變，會造成不同譯法。例如，toilet（bathroom）／廁所／浴室／化妝室／盥洗室，這是常見調節譯例。例如，eau de toilette／淡香水／沐浴香水，需要調整，總不能譯成廁所水。有時，否定語在句子的位置不同，會改變語氣，例如，I don't think that you should leave. ／我不認為你該離開／我認為你不該離開。正話反說、反話正說，會造成強烈對比，這也是一種調節譯法。

　　翻譯調節，可使句子切為數個小單位，又使某個單位再拆開，弄成二個單位來譯，也可拆成三個單位來譯翻譯。這譯法講究成分上語意分析（componential analysis）。

　　簡單說，直譯無法勝任時，就用調節。調節原意的方式很多，最主要是代替法，類似詩的換喻（metonymy）。例如，國慶日，各國都可用。生日，適用所有人。從換喻看調節，方法如下：

(1) 物換物

(2) 具體換抽象，抽象換現象

(3) 原因換結果，結果換原因

(4) 主動換被動，被動換主動：菜吃了 / 菜給吃了

(5) 空間換時間，時間換空間

(6) 雙否定換肯定，肯定換雙否定：沒有不好 / 很好。是說我喜歡 / 不是說我不喜歡。

(7) 負面字詞換正面字詞，正面字詞換負面字詞：緣份很淺 / 關係不深。毫不遲疑 / 斬釘截鐵

(8) 英文被動譯為中文被動，或中文主動

(9) 時間長短之修改：多年來 / 近年來 / 近幾年

(10) 符號意象之改變：水煮開了 / 水滾沸了、一頭熱 / 滿腔熱血

總之，明顯的直譯之外，各譯法都需要調節。調節最大的影響，是改變語氣的強弱。

## 3.29 對等（equivalence）

對等譯法，講求掌握原句內涵與信息，可自由調動字序，不必保留原文句法與形式。

對等的翻譯觀念，出於奈達所提倡的動態對等（dynamic equivalence）（Nida, 1964: 159）。奈達脫離原文至上的傳統翻譯，褪去以往字對字的對等（word-for-word equivalence），轉而重視讀者反應，講究對等的閱讀效果，為了讀者的需求而調整句法、用字、文化表達，等於是跳脫直譯與意譯的框限。

聖經翻譯早期採用「形式對等」（formal equivalence），以原文為本，再現其形式與內容，強調譯文與原文的字句、詞序都要對應。一旦譯文原文的語言差異較大，對等翻譯只會使譯文變得僵硬模糊（Nida, 1964: 159）。後來改良為動態對等（dynamic equivalence），說原文讀者與信息有一種關係，所以譯文讀者與信息也應有這一種關係。這種對等，注重讀者反應與效果（equivalence of response / effect）。例如，新約希臘文記載當時人見面問安，採用 a holy kiss（直譯：聖潔親吻），奈達覺得可改為英文 a hearty handshake（對等譯：熱誠握手）（Nida, 1964: 160）。初讀聖經的人，對等譯法有助於了解原意。但是資深的讀者偏愛直譯，可避開譯者的詮釋。

從形式對等到動態等值，再到功能對等，是逐步在講求以讀者為重的溝通功能（communicative function）。

## 3.30　文化對等（cultural equivalence）

文化詞的翻譯，應使用文化內容有對等的譯法。若要英譯故宮博物館，這「故」字，斷不能譯為舊、老、過去。須考慮文化對等的問題。最好譯為皇室或宮廷的字眼才妥當。例如，the Moscow Kremlin，通稱 the Kremlin，譯成克里姆林宮，指總統府。克里姆林是音譯，宮是解釋，二者併用才有效。這是文化對等翻譯。Kremlin 本不是專有名詞，是堡壘的意思。the Suzdal Kremlin ／蘇茲達爾克里姆林宮，the Kazan Kremlin ／喀山克里姆林宮，各地都有克里姆林／堡壘／kremlin。

如果各語言的顏色詞，有不同意義，原文的顏色在譯文不得不改用另一種顏色詞，才能表示其文化內涵。例如，紅色在中文代表喜

慶，但有些地方代表悲哀。換句話，原文某一個約定俗成的字詞，經過翻譯，改成譯文另一個約定俗成的字詞，這就是「文化對等譯法」。指兩邊各取對等的文化詞互譯。如果原文的顏色A，其文化內涵，正好與譯文的顏色B對等，那麼，把原文 A翻譯成譯文B，就是文化對等譯法。

有時文化詞對等，用起來生硬，例如，紫禁城譯爲（中國的）凡爾賽宮，不免怪異。文化對等譯法，有時不能展現文化的精緻與準確就要慎用。

## 3.31 功能對等（functional equivalence）

功能對等譯法，把原文某個帶有特殊文化色彩的字，轉成譯文某個字，意義相同，卻不含文化內涵。原文的顏色字眼，蘊藏了文化內涵，有特殊的傳統背景。如果譯文的讀者缺少背景知識，就難以了解這顏色的準確意義。譯文不能使原文顏色字直接轉換時，只好改採功能對等譯法。例如，喝茶敘舊，是否改爲喝咖啡敘舊？咖啡與茶，只是功能對等，在物質描述上毫不對等。

聖經中譯修訂本，有個例子，探討上帝生氣時是「掩面」或「轉臉」？從形式對等譯法，原文的動詞「隱藏、遮掩」配上名詞「臉面」，根本該直譯爲「掩面」。從中文習慣看，掩面是信徒讀者早已熟悉的譯法，驟然改譯轉臉，恐難接受。再者，舊約有上帝的臉發光的字詞，表示上帝同在施恩。一旦掩面改譯轉臉，怕是與臉面發光的描寫不能相合。

掩面在華人文化中，常表示羞愧或悲傷。但上帝掩面，指憤怒與排斥。華人所習慣的掩面遮羞、掩面哭泣、掩面巧笑，難有掩面不顧的排拒與憤怒之義（梁望惠，2015）。爲了讓大眾讀者能讀懂，轉

臉是比較優先的譯法,是功能對等的考量。

　　功能對等的譯法,處理文化詞時,須採用無文化內涵的翻譯字詞,就不免造新字新詞。新字新詞會淡化原字的文化意涵,卻因為本身不帶文化特色,只是普通字詞效果反而好。

## 3.32　描述對等（descriptive equivalence）

　　如果對等譯法不能充分呈現原字的內容,就要補充說明,此即描述譯法。此外,翻譯容易產生誤解時,也須增加描述,補充說明。例如,提到帝王時代的eunuch,譯為閹人、宦官、公公等。但媳婦稱公公,另當別論。例如,現今通用的日本sushi,已確定是壽司,但起初有此音譯時,總必須描述為:日本料理,拌醋冷米飯捲生魚片與海苔切片食用。還有samurai（日本武士）,對不熟悉歷史背景的讀者,總必須補充說明:日本封建時代的貴族階級,承擔行政或官職。翻譯時,補充描述是極有用的一環。不過,描述對等譯法常與別的譯法配搭併用。

## 3.33　重述（retelling / oral interpretation）

　　有些文章表達不佳,或有特殊重要性卻難懂,必須重新說明,或深入解釋。這不算是一種譯法,因為重述比意譯更隨意,但比口譯拘謹一些。其目的是把不清不楚、曖昧模糊的語句,加以清晰重述,解開意義。

## 3.34 語序改變（changes of word order）

　　有必要直譯時，須按照原文語序，按照句內單位，依序翻譯。若不直譯，可改變原文句構，把字詞、片語、子句等本來順序，自由更動，只求妥貼譯出原文內涵。

　　英句和中句的邏輯關係，如果一致，通常採用順譯法（linear translation）。若改變原文單字、片語、子句的語序來譯，就是逆譯法（reverse translation）。翻譯實務上，無法輕易劃分何時順譯，何時逆譯，譯者必須根據翻譯目的而應用。

　　中英句子，修飾語言的次序與位置，明顯不同。翻譯時，語序改變會產生閱讀的效果不同。例如：

(1) something meaningful

　　某些事有意義

　　有意義的事物

(2) her efforts to follow the rule

　　她的努力是要遵守規則

　　她努力遵守規則

(3) I still expect that she will return if the plan could secceed.

　　我仍期盼她能返回，若計劃成功的話。

　　如果這計劃辦成的話，我仍希望她能回頭。

　　如果計劃成功了，我還是希望她回來。

　　文學修辭常用的倒置句（倒裝句）中英皆有，可製造語氣變化與美學效果。底下各句都以「台北城市」、「對流行音樂敏感」、「年輕人多而熱鬧」為重點信息，語序變化卻很多：

1. 台北是年輕人對流行音樂超敏感的城市。
2. 台北是對流行音樂敏感而年輕人超多的熱鬧城市。
3. 台北是對流行音樂超敏感，年輕人超熱鬧的城市。
4. 年輕人超熱鬧的台北是敏感於流行音樂的城市。
5. 台北這個熱鬧城市充滿對流行音樂敏感的年輕人。

　　中文的語音平仄變化多端，特別是詩詞，有韻律之美，有時為了貼合格律，有時為了展現押韻，變換語序而譯是必然的方法。

## 3.35　改寫（daptation / rewriting）

　　廣義上，翻譯就是改寫，不是原文的對等複製，而是原文的重寫／改寫，旨在譯文中呈現原文內涵。翻譯本來就是在他者語言文化中，顯現作者形象及作品藝術。改寫式翻譯，特殊目的是展現作品的意識形態與詩學（文學理論），企圖操控文學作品，以便在社會產生作用。意識型態是文化層面，詩學是文學層面。

　　狹義上，改寫是極主觀的自由翻譯，針對自我的翻譯目的，採用擴張、縮減、編輯、描述、合併、直譯、意譯、模仿、改變、轉換等組合方式，把原文處理成譯文。改寫的指標可任意變動，常會重組作者、讀者、作品、時空、媒介等架構的輕重產生譯文。

## 3.36　版面空間限制的譯法（frame-limited translation）

　　原文若是附了圖表，例如，食譜、繪本、攝影記錄等，可填滿譯字的空間已是固定。譯者必須裁量版面空間大小，先計算圖表旁邊可置放文字的空間，能容納多少字數，再依框架之限而譯。是半對照、

半塡字的翻譯方式,且要考慮雙邊文化所公認的對等字詞。這是適應版面、配搭美術編輯的譯法。

　　以上翻譯方法,多樣而瑣碎,供譯者按照文本類型與翻譯目的,自行組合運用。翻譯理論,是研究者探討的翻譯路線。翻譯策略,是譯者針對單件文本,為自己制定的翻譯原則。至於翻譯方法,則都是語言轉換的第一線翻譯工具。

## 4.1 文本媒介：語言層面／字句的解析與翻譯

　　除了多模態的翻譯對象，包含圖片、影音之外，翻譯總是處理語言的轉換。文字（written language）是翻譯過程的直接對象。至於處理文字，就由單字著手。底下逐步探討字句翻譯。

## 4.2 字的翻譯

　　翻譯單字，須考量字獨自出現，或嵌在句子裡。孤立的單字，其意義靠字典提供，有多種選項。例如，grass的翻譯，要先區分詞類才能找意義，（底下，名詞是n。及物動詞是vt。不及物動詞是vi）：

(1) grass (n)：(a)草青、草
　　　　　　　(b)草原、草地、草皮
　　　　　　　(c)牧場、牧區
　　　　　　　(d)草本植物

(2) grass (vt)：(a)以草覆蓋之
　　　　　　　　(b)令其吃草
(3) grass (vi)：(a)有草覆蓋
　　　　　　　　(b)吃草

　　若無句子做背景，單獨的grass也無法固定爲一個意義。例如，中文的「公」字。若不知全句，也無上下文，「公」就很難英譯，選項如下：

(1) public; open
(2) impartial; fair; neutral
(3) male
(4) man; sir

　　針對一字，字典提供多種意義，唯有句子當背景，才能爲這字帶來明確意義。

## 4.3 字義的三層考量

　　夾在句子裡的一個字，須先看它與前後字的關係。翻譯句中一字，至少考量三層：

(1) 字典義（lexical meaning）：即字面義（literal meaning）。
(2) 上下文義（contextual meaning）：亦稱句中義（syntactical meaning）。

(3) 比喻義（metaphorical meaning）：若有明暗喻，就有比喻的
意涵（figurative meaning）。

例如：Susan had a row with her mother in their last phone call. 句
中有個row字很特別。

翻譯row字，首先從字典義查起，會有幾個不同的意義可選：
「一列、一排」、「划船」、或「吵架、口角、公開爭論」？這字傾
向「吵架」或「公開爭論」。

其次，從上下文觀看，因為母女是在電話上爭吵，所以不可選
「公開爭論」。

最後，才查看是否有比喻義。例子中，這句話背景不多，比較簡
單，所以row字可譯為爭吵／吵架／爭辯／大吵。

## 4.4 譯字小祕訣

每字有多種意義。例如，"We knew that she was against us."的單
字knew，先注意同義字（synonym）的可能譯法：知道、了解、懂
得、認識、熟悉、認出、辨別、體驗、經歷、精通、見過、聽過。

以句子為背景，選一個搭配的。雖然沒有上下句，就只能根據本
句的指示（或謂限制）挑字擇詞。基於前後字的搭配（collocation）
為原則，讓語意協調一致。例如，休息，在「我們必須休息了」句子
中，英譯是rest，因為這句子主旨We have to take a rest.該字能譯為a
break, repose, pause, ease, relaxation, recess, recline, lounge等。

擇字時，可考慮音節數量（number of syllables）。一音節的
break，有四音節的relaxation，數量不同。要看嵌入這句子，是幾個
音節最妥當。若是中文，可考慮字數（number of words），是譯成一

字或二字。通常一個英文字譯成四個中文字，已是上限。四字常見於成語，是中文的一種魅力。例如，"I can't imagine how stupid he has been." imagine可譯成：想像、猜想、搞不懂。

　　擇字搭配，有雅俗之分，必須考慮是通俗、隨意的日常語言，或工整、文雅有禮的社交語言。例如上句，搞不懂，是俗氣的口語，較不正式（informal）。想像，則是一般文雅的用字，較為正式（formal）。

　　語意考量時，要留意在不同領域（register / area of words），字的意義不同。例如，genres在文學領域是文類，指史詩、抒情詩、小說、戲劇、散文等。在語言學，指不同語言的文體。translation在文學與語言領域，是翻譯。但在文化上，可指文化翻譯（cultural translation），指文化場景或特徵的轉換。醫學上，指核醣體、蛋白分子的構成之轉換過程。

　　字數涉及節奏，例如can't imagine可譯成：無法想像、不能想像、實在想不通、真搞不懂、實在搞不懂，這是涉及字數考量。

　　口氣（tone）也是一種考量，例如can't imagine可譯為：真無法想像、實在不能想像、真的想不通、就是搞不懂、就是搞不懂啦。這裡牽涉「加字」（words added）的秘訣。

　　加字須注意字的類別。到底要增加副詞、形容詞、數量詞，就看譯者判斷。nervous在"I am nervous of strangers."句中，若譯成：

(1) 我對陌生人會緊張。
(2) 對陌生人我會緊張。
(3) 我對陌生人感到緊張。

(1)、(2)譯法，是字序（word order）不同，造成了強調點有別。
(3)是加字，增添「動詞」。

例如，杯子，在「我買了一個杯子」句中，英譯多種可能：a cup, a mug, a teacup, a glass, a tumbler, a goblet, a wine glass, a beaker 等。中文的杯子，意思很籠統。若要精緻，就得讓杯子明確化、細節化。英國人會問客人，"Do you like to have a cup of coffee?"（你要一杯咖啡嗎？）"a cup or a mug?"（小杯、大杯？）

a cup是杯，a mug是馬克杯，若譯「普通杯，還是馬克杯？」這是類型（types）的明確化。若譯「小杯、大杯？」這是轉換（shift），詮釋性轉換（hermeneutic shift）。

例如，焦急，在「她焦急的望著大門」句中，有多樣英譯字：agitated, anxious, concerned, disturbed, fearful, impatient, perturbed, restless, troubled, uncomfortable, uneasy, worried.

這時要考量情感的程度（degree）、強度（intensity）。想像一下，到底多焦急？哪一種急法？同義字之間，各有情感強弱的不同。這時需要譯者介入詮釋了。

依質感擇字。例如，柔軟，在「你的衣服很柔軟」句子裡，字譯選項是：soft, flexible, tender (to touch), pliable, elastic, delicate. 這時應該考量，衣服柔軟的類型（types），語調的感性成分（intensity）。這個「柔軟」可指衣服的不同感覺，也可強調說話者的觸感，語言的感性層面。

　　依音韻擇字。尤其是翻譯詩歌，要注意音韻[1]。其他細節，比如，製造幽默或喜劇感時，可在散文中故意押韻，效果極佳。綜合以上，譯字的重點如下：

(1) 同義字（synonym）

(2) 前後字的搭配（collocation）

(3) 音節數（number of syllables）

(4) 字數（number of words）

(5) 正式（formal）、不正式（informal）

(6) 領域或區塊（register, area of words）

(7) 語氣（tone）

(8) 加字（words added）

(9) 字序（word order）

(10) 類型（types）

(11) 詮釋性轉換（hermeneutic shift）

(12) 質感程度、強度（degree, intensity）

(13) 押韻（rhyme）

---

1 英詩押韻（rhyme），指重覆出現的兩個相同聲音。比如，押頭韻（alliteration）、尾韻（end rhyme）。押頭韻，指兩字起頭，有相同子音（consonant），例如，see-send，weep-waste，four-fish。尾韻，指兩行的尾字，互有押韻。圓滿的押韻，指兩字的「母音+子音」都相同。母音（assonant）位在字裡最後一個重音節。子音，是緊跟母音之後的子音。比如，eat-beat, flight-fright, mine-nine, support-resort。

## 4.5 句子的翻譯

句子如冰山，單字只是冰山一角。一個句子是一個境界，代表作者的小情境。全文代是大情境。解讀句子，猶如拆解情境，須考量說話者（speaker）、聽者（receiver）是誰，什麼社交場合（social occasion）說的話，何種時空（time and space）說的，以及這話的語氣（tone）如何。

接著看這句出於何種類型的文本。簡單說，句譯就是把句內單字、片語各自譯出，但不是總合，而是修改、重組、搭配，以譯文展現意義。單字或片語的意義加總，仍然不是句子的意義，必須考慮文本主旨、語氣加以調整。

## 4.6 句子比對與翻譯

句子反映說話者的心境、文學、資訊，至少有三層：心理狀況（psychological condition），即心境（inner world）、文法組織（grammatical arrangement）、邏輯經驗（logical experience）（Halliday, 2014: 79-80）。句構模式如下：

(1) 心理狀況：主旨—發展（Theme-Theme），亦稱主題—評論（Topic-Comment）。
(2) 文法組織：主語—述語（Subject-Predicate）。
(3) 邏輯經驗：動作者—動作（Actor-Action），亦稱行為者—作為（Performer-Performance）。

這三種模式與基本句型密切關連。中英句型有別，翻譯的基礎就是解讀句構與內容。

## 4.7 英文基本句型的分析：「主語－述語」

英文句子的主語很明顯。文法上，基本句構是「主語－述語」（Subject-Predicate），簡稱S-P。S與P之間，靠動詞Verb (V)連接發展。中文句子偏重心理狀況，以主題－評論（Topic-Comment）為基本句構，簡稱T-C。英文簡句有六個基本句型，舉例如下：

1. N－V　　　　　　　　（S－V）
   Mary sings.
2. N－V－N　　　　　　（S－V－O）
   Tom reads a novel.
3. N－V－N－N　　　　（S－V－O－O）
   She gave me a song book.
4. N－V－N－N/Adj.　　（S－V－O－C）
   We consider him a fool/foolish.
   His friends call him superman.
5. N－LV－N/Adj.　　　（S－V－C）
   The man is a writer/happy.
   She finds it a bore/boring.
6. N－LV－Adv.place　　（S－V－C）
   The dancer is in the theater.
   We were there yesterday.

＊變形句There－Be－N

There was a designer in the office last night.

There is a tree behind my house.

There will be a helper soon.


在經驗層，S是動作者／主體，V是動作（主體的動作，O是受者／客體（動作的接受者），C是補充（補充另一形象）。

在文法上，S是主詞，V是動詞，O是受詞，C是補語。

符號N（Noun）是名詞，V（Verb）是動詞，LV（Linking Verb）是連接動詞，Adj.（Adjective）是形容詞，Adv. place是空間副詞（呈現空間關係的Adverb），N/Adj是名詞或形容詞皆可。

SVO這組符號，呈現句內的經驗關係。NVN這組符號，指句內各單位的詞類。

N-V-N模式，講的是單字的詞類。S-V-O模式，注重經驗的主體客體的關係。

整合之後，S是動作者／主體／主詞／名詞，V是動作／動詞，O是客體／受詞／名詞，C是補充事物／補語。

# 簡句中英翻譯方法與實例

## 4.8 中文基本句型的分析：「主題一評論」

中文句子是主語明顯的句構，基本句構是「主題一評論」（Topic-Comment），簡稱T-C。不像英句是以主詞（S）起首（Tsao, 1990: 53-65）。

主題（Topic）就是話題，是一句話的原始話題與舊信息。評論

（Comment），是針對這話題所發表的感受與意見。在經驗層，句子顯示人的某個體驗。在心理層，主題是人心所注重的焦點，等於是這體驗的焦點，而評論是人對這話題的反應，就是對這焦點所興起的思想、情感、意志，即心境。評論，是人心就這舊話題（舊信息）所引發的新感觸、見解（新信息）（Halliday, 2014: 88-92）。

　　T與C之間（T-C）的關係，主要靠著並列（juxtaposition / parallel）結合。

　　中文T-C句子，以心理狀況為根本，也有文法組織層，也有邏輯經驗層，一樣可轉成S-V-O的句構。就是動作者－動作－接受者。主體－主體動作－客體）。

　　中句TC有並列關係。這並列關係，以「，」表示，放在T後，成了「T,-C」。這並列關係可轉成「S,-V-O」。

## 中文簡句與英譯分析

　　根據主題多少，中文區分三種基本簡句：(1)單主題簡句。(2)雙主題簡句。(3)多主題簡句（Tsao, 1998a: 4-26）。

## 4.9 單主題簡句的英譯方法

　　單主題簡句（T,-C），指句子裡只有一個主題。主題之後，只有一個評論，就是簡句。例句如下，附有說明，是翻譯前解讀句子的建議。

　　(1) 她讀完了小說。（T：她。C：讀完了小說。）
　　　　本句「T,-C」等於「S,-V-O」，是及物動詞的V / Vt（tran-

sitive verb）。「她」是主題，也是主詞（Tsao, 1990: 59-63）。主詞是動作者，動作是「讀完了」，承受者是「小說」。

(2) 林先生哭了。（T：林先生。C：哭了。）

　　本句可用「S,-V」來英譯，是不及物動詞的V / Vi（intransitive verb）。這句的主題與主詞重疊，「李先生」是主題，也是主詞。主詞是動作者，動作是「哭了」。

(3) 鴨吃了。（T：鴨。C：吃了。）

　　本句有兩種解讀，兩種英譯。

　　①「S,-V」。「鴨」是主題，也是主詞，就是動作者。動作是「吃」。

　　②「O,-V」。「鴨」只是主題，不是主詞，「鴨」不是動作者。「吃」不是「鴨」的動作，而是另一個「隱藏的動作者」發出的動作。有時，中文的主詞（S）與主題（T）重疊，是同一個。於是只顯現了主題，卻隱藏了主詞。

(4) 他呢書呆子！（T：他呢。C：書呆子！）

　　本句的T是名詞，C也是名詞。呢，是T之後的語氣詞。這句話近似「他呢是書呆子！」。加了「是」，強調見解之肯定。

(5) 這故事很可笑。（T：這故事。C：很可笑。）

　　可笑，是形容詞，當作評論。很，是副詞，強調形容詞的程度。

(6) 他的卡車在那裡。（T：他的卡車。C：在那裡。）

　　在那裡，是介系詞片語，是評論。在，是介系詞（另一說，認爲在是動詞）。

(7) 她是老師嘛！（T：她。C：是老師嘛！）

　　　是，當作靜態動詞。類似英文的Be動詞（Be-Verb），連接
　　　動詞Linking V。沒有動作，卻有連接功用。

(8) 我會游泳。（T：我。C：會游泳。）

　　　會，是助動詞（Aux）。

(9) 我不太胖。（T：我。C：不太胖。）

　　　不太胖，是評論。不，否定的副詞。太，是副詞。

(10) 這不是毛筆。（T：這。C：不是毛筆。）

　　　不是毛筆，當作評論。不，否定的副詞。

## 4.10 雙主題簡句的英譯方法

　　雙主題簡句（T¹T²,-C），指句子裡有兩個主題。雙主題之後，
只有一個評論，就是雙主題簡句。先出現的，是第一主題。其次，是
第二主題。

　　雙主題簡句最大特色，就是兩主題可以互換位置（Tsao, 1990:
206-9, 1998a: 6-7）。

　　底下例句，第一主題，不劃底線。第二主題，都劃了雙底線。主
題變化很多，表示時間或空間的字詞(3)、(4)，表示人際關係的片語
(5)、(6)都可作爲主題：

(1) 他英文作業完成了。

　　　英文作業他完成了。

(2) 她視力很衰弱。

　　　視力她很衰弱。

(3) 我們<u>早晨</u>看見他。
　　早晨<u>我們</u>看見他。

(4) <u>在家裡</u>張小姐很懶。
　　張小姐<u>在家裡</u>很懶。

(5) 我們<u>爲了小考</u>都沒睡覺。
　　爲了小考<u>我們</u>都沒睡覺。

(6) 她呀<u>爲了他</u>花掉所有的錢。
　　爲了他呀<u>她</u>花掉所有的錢。

(7) 她<u>錢</u>看得很重。
　　錢<u>她</u>看得很重。


　　英譯時，第一主題是強調點，必要時，可使用分裂句"It is T¹ that …."來強調第一主題。

　　在雙主題簡句的第一主題之後，可加進「把、被、比、連」的字眼（Tsao, 1990: 249-77, 1998a: 6-7）。

　　若加了字，兩主題就不能互換位置，恐怕會改變意義。底下例句，第二主題皆劃底線。

　　例句有說明，是翻譯前解讀句子的建議。


(1) 他把<u>報紙</u>讀完了。
　　報紙<u>他</u>讀完了。
　　把字句的「把」，必須連到「直接受詞」（Direct Object）。兩主題若互換位置，必須刪除把字。

(2) 他的秘密被<u>我們</u>發現了。
　　被字句的「被」，在中文常有壞暗示。使用被字，須謹愼。

(3) 他比我難過。

　　　使用比字句來比較，是比主題，不是比評論。

(4) 他連走路都走不好。

　　　連字句的「連」，用來強調，類似英文even。連字出現在主題之前。

## 4.11　多主題簡句的英譯方法

　　多主題簡句（$T^1T^2T^3\cdots,-C$），指句子的主題有三個以上，卻只有一個評論，稱之多主題簡句。主題之間，若沒有意義的衝突，就可調換位置，與雙主題簡句相似。依主題出現的次序，分為第一、第二、第三主題，以此類推。

　　底下例句，第二主題都劃了雙底線。第二主題之前，有第一主題，其後可出現第三、第四，甚至更多的主題。例句如下：

(1) 我們班三十人明天去郊遊。

(2) 明天我們班三十人去郊遊。

(3) 早晨前門湯姆在。

(4) 晚上花園後門黃先生在。

(5) 白太太小兒子湯姆看起來很神秘。

(6) 她每日下午三點鐘喝下午茶。

(7) 林家五個孩子最小的看起來最胖。

(8) 周小姐昨天把車子洗了。

(9) 她們四個人，每個人，房子都好幾棟。

英譯時，首先是處理多個主題之間的關係，就是從多主題裡，找到主詞／動作者。再按文法詞類與邏輯經驗，把其他主題重組排列，各安其位，轉成英文句子。

## 4.12　主題和主詞：區別、詮釋、翻譯

中文句子以主題為重，主題（Topic）和主詞（Subject）往往重疊。主題，是出現在句頭的焦點，是舊信息，是已知的。主題之後，是評論，是新信息（Tsao, 1998b: 58-60）。

主詞（Subject）是動作者（Actor），是發出動作的主體。

英文句以主詞為重。主詞（S）是動作者，會發出行動，即動詞（Verb）。動詞是構成英文基本句型的要素。

若中文句無動詞，中譯英時，須自行增添動詞。有時須補Be動詞（LV）。若是中文句無主詞，英譯時，須自行增添英文主詞。

英文句子若找不到主詞，通常是主詞省略的現象。可能是命令句或祈使句。英譯中時，卻是加不加這個主詞，都無所謂。

## 小結

根據Halliday的分析，不論中英簡句，都可拆成三種句式：(1) Theme-Rheme / Topic-Comment。(2) Subject-Predicate。(3) Actor-Action。譯者必須自行決定，譯句要側重那種模式。若是文學翻譯，講究心境呈現，譯者自當倚重心理狀況的模式(1)。句子若能轉成心境（內心情境），那麼，原句的作者情感與想像，便可在譯者的情感與想像中翻譯轉換，展現在譯句上，以保留該句豐富的感性成分。接著，就該進一步考量修辭層面的潤飾了。

# 複句翻譯

## 4.13　英文複句的分析與翻譯

英文複句，指兩個簡句給連接詞綁在一起。分爲「對等複句」與「從屬複句」。英譯中，訣竅在譯者如何轉換連接詞。

## 英文對等句的分析

根據「對等連接詞」與「標點符號」的使用，英文對等複句分四類。

## 4.14　第一類對等連接詞（coordinate conjunctions）

常用的六個「對等連接詞」，可分爲三組：and / but「增加與對抗組」、for / so「因果組」、or / nor「選擇組」。語意上，互相對立。如下：

and：而、並且　　　　　　（指示增加 / addition）

but：但是、可是、卻　　　（指示差異、對比 / difference, contrast）

for：因爲　　　　　　　　（指示理由、原因、動機 / cause, reason, motive）

so：所以、結果、於是　　（指示效果、結果 / effect, result）

or：或者、或是　　　　　（指示選擇 / choice）

nor：也不　　　　　　　　（指示否定的他項 / negative alternative）

這類連接詞的前一句，都用逗號","隔開，是最清晰的連結，表明兩簡句一樣重要，所以叫對等複句。有時兩句太短，或有特殊修辭之效，才省略逗號。底下例句，連接詞都劃底線：

(1) Her school is in Kaohsiung, <u>and</u> mine is in Taipei.

(2) Samuel is rich, <u>but</u> he is very stingy.（但是、可是、不過）
　　（卻、需內含句中）

(3) She was happy, <u>for</u> her team won the dancing contest.

(4) These cherries were sweet, <u>so</u> I bought a lot of them.

(5) Are you coming with me on foot, <u>or</u> will you go by train?

(6) They do not speak Russian, <u>nor</u> do we speak Korean.

中譯時，須留意有些連接詞應內含句中，例如「卻」字。有時，採用中句的並列法，不譯連接詞。例(2)的語氣，但是 > 可是 > 不過，由強轉弱。

## 4.15　第二類對等連接詞：前後呼應的連接詞　　（correlative conjunctions）

第二類對等複句，使用了一組前後呼應的「相關連接詞」（Correlative Conjunctions）。

一個句點表示一個完整句子的結束，可稱之大句。大句之內有兩小句，是兩個簡句，亦稱子句。兩個子句之間，是互相呼應、彼此對等的關係。底下提出三個相關連接詞與例句。連接詞都劃上底線：

either... or...　　要嘛…不然，不是…就是　　（指示二選一）

neither... nor...　不是⋯也不是，既不⋯也不，不⋯也不

　　　　　　　（指示二皆不選）

not only... but also...　不但⋯而且也　　　　　　（指示二者皆強調）

(1) Either you will tell me the secret, or I will ask your friend about it.

(2) Neither did the father hate the son, nor did the son his father.

(3) Jacob neither loves his wife, nor does he hate her.

(4) Our mentor is not only wise, but he is also kind.

(5) Not only is the king physically hurt, but he is also mentally shocked.

　　譯者除了注意兩個簡句之間有個逗號，更要掌握相關連接詞前後呼應的語氣。

## 4.16 第三類對等連接詞：連接式副詞（conjunctive adverbs）

　　第三類對等複句，使用「連接式副詞」（conjunctive adverbs）。兩小句之間，有對等關係。底下是常用的英文連接式副詞，以及有用的中譯字眼：

however　　　然而、只是、話說回來（表示限制 / limit）

therefore　　　所以、因此、就這樣子（表示結果 / result）

besides　　　而且、再說、此外、另外（表示增加 / addition）

furthermore　　並且、還有（表示增加 / addition）

| moreover | 再說、而且、還有（表示增加 / addition） |
| likewise | 同樣的、一樣的（表示相同案例 / a similar case） |
| otherwise | 要不然、否則（表示可能的負面結果、效應 / a possible negative result or effect） |
| meanwhile | 同時、這時候（表示相同時段 / the same duration of time） |
| nevertheless | 不過、只不過、話說回來（表示差異、對比 / difference or contrast） |
| then | 接下來、於是、然後、隨後（表示下一步 / the next step） |
| thus | 就這樣、就這樣子（表示結果 / the result） |

底下例句都用了連接式副詞，凡是連接式副詞都劃底線。值得注意的是，兩句中間都以"；"分開。分號之後，才放連接式副詞，之後，再標一個逗號分隔：

1. Mary went to France; <u>however</u>, her younger sister stayed in Taiwan.
2. He did not take my advice yesterday; <u>therefore</u>, I will not help him today.
3. I am too busy to visit you often; <u>besides</u>, you are never home.
4. Computer games are interesting; <u>furthermore</u>, they are sometimes instructive.
5. Jane is clever; <u>moreover</u>, she is prudent.
6. All of his brothers were smart; <u>likewise</u>, he showed his talent in business at seven.

7. The old men settled the conflict; <u>otherwise</u>, there would have been a scandal.

8. I held the wallpaper; <u>meanwhile</u>, my brother put some glue on the wall.

9. The old man was rich; <u>nevertheless</u>, he lived a simple life and cooked at home by himself.

10. She'll study music for three years; <u>then</u> she'll be a composer[2].

11. The hero shot the tiger on the street; <u>thus</u>, he saved the little girl.

## 4.17 第四類對等連接詞：轉接式片語（transition expressions）

　　第四類對等複句，使用轉接式片語（transition expressions） 結合兩個簡句，兩句之間有對等關係。轉接式片語常是「介系詞式片語」，就是介系詞加上名詞，共同構成有副詞功用的轉接式片語。

　　這裡提出常見的轉接語，以及有用的中譯字眼，供翻譯參考。

| | |
|---|---|
| in fact | 事實上、其實、說真話 |
| in particular | 特別是、尤其是 |
| in that case | 這樣的話、這情況下 |
| in the meantime | 其間、這段時間裡 |
| as a result | 結果、最後 |
| at the same time | 同時、這時候、這節骨眼上 |

---

2　then之後通常不加上逗號。

on the contrary　　　相反的、反過來

on the other hand　　另一面、另一頭、另一方面

that is　　　　　　　就是、等於是、也就是說

底下例句都用了轉接式片語，劃有底線。兩句都有分號";"隔開。分號之後，放一個轉接式片語，之後，標逗號區隔。

(1) It is not too late to go for a walk; in fact, this is a night of moonlight--good for taking a romantic walk.

(2) You need to master languages in order to be a good interpreter; in particular, you had better know three of the six languages used in UN.

(3) You are too sick to take the test; in that case, you will have to make up next week.

(4) We are going to London next year; in the meantime, we are studying English.

(5) David played computer games all the time; as a result, he was kicked out the school.

(6) He picked up a staff to fight against the robber; at the same time, his girl friend called the police.

(7) She is not a foolish girl; on the contrary, she is quite smart.

(8) Andrew decides to be a businessman; on the other hand, he may change his mind and become a poet.

(9) You must go to sleep early and get up early; that is, you need to become an early bird.

# 英文從屬句的分析

## 4.18 英文從屬複句的分析（subordination）

英文從屬複句由兩句子組成，至少有兩個小句。一個是主句，另一個是從屬、次要的子句。

從屬子句，依功用不同，區分爲三種：副詞子句（adverbial clauses）、形容詞子句（adjective clauses）、名詞子句（noun clauses）。底下劃底線部分，是該句的從屬子句。

(1) We will know him better <u>when we read his stories</u>.（副詞子句）

(2) The little girl <u>who stood over there</u> was my sister.（形容詞子句）

(3) <u>What she is planning about</u> is unknown.（名詞子句）

## 4.19 英文副詞子句（adverbial clauses）的中譯

第一種從屬複句，就是副詞子句。

子句不算完整句子，不能單獨存在，須附屬主要句子。副詞子句的功用，等同副詞（adverb），用來說明補強主要句子，或強化其動詞。

副詞子句之前，都有「從屬連接詞」（subordinate conjunctions）。從屬連接詞字數不等，一、二、三字都有。常見例子如下：

1.  after                         之後、以後、後
2.  although                雖然、縱然
3.  as                           如同、就在、當
4.  as if                       好像、彷彿、如同
5.  as / so long as        只要
6.  as soon as            一旦
7.  because                 因爲、由於
8.  before                   之前、前
9.  even if                  即使、甚至若
10. even though          雖然、即使
11. for fear that         恐怕、怕的是
12. if                           如果、要是
13. in order that         爲了、爲的是
14. no matter if          不論、不管
15. on condition that     條件是
16. provided (that)       只要、條件是
17. since                   自從、因爲、既然
18. so that                 好讓、以便、才能夠
19. so...that               是那麼⋯所以
20. such...that / such that   像這樣子⋯所以
21. supposing (that)      假使、假如、要是
22. than                    比起、比起來
23. though                 雖然、縱然
24. unless                 除非
25. until                  直到、一直到
26. whatever              不管怎樣、無論怎麼的

| 27. where | 在哪裡、往哪裡、從哪裡 |
| 28. whether | 到底、是否 |
| 29. while | 這時候、那時候、這時節、就在…時 |

底下劃單底線,是副詞子句。副詞子句之前,都有劃雙底線的從屬連接詞,引介子句與主句的關係:

(1) Joseph maintained great interest in music when he was a student in science.

(2) We have to read our books whenever we have time.

(3) My boss even read his magazine while he conducted the morning briefing.

(4) She has always wanted to play a fairy since she was a little girl.

(5) My sister worked as a secretary after she graduated from college.

(6) She was a member of the club before she became the head of her company.

(7) Tim tried his best to make his dream come true until he was ill.

(8) We will know him better when we read his stories.

(9) She will visit you when she has time.

(10) He has always lived where he was born.

(11) They hoped to stay where there was hot water for a bath.

(12) Her friend lingered where they first met each other.

(13) Let's go wherever there is something good to eat at this late hour.

(14) He will talk for three minutes as he has been taught to.

(15) She walked as if she were the owner of the supermarket.

(16) His son always spends money as if he is from a rich family.

(17) We will perform on the stage as the director has planned.

(18) I don't sing as well as he does.

(19) No doubt, I play the piano better than she does.

(20) Since you have already watched the movie, I don't think you need to watch it again.

(21) It is meaningless to watch the film again because you have already watched it.

(22) The teacher wants us to read the novel so that we will fully understand the film.

(23) We will study the news in English so that we can pass the test of interpretation.

(24) I studied my notes about this company so that I could do well in the interview.

(25) She read her textbook in order that she might be prepared to take the oral test.

(26) They all studied hard for fear that they might not pass the commerce test.

## 4.20 英文形容詞子句（adjective clauses）的中譯

第二種從屬複句，就是形容詞子句。

形容詞子句必須從屬於主句，並且掛在主句的一個名詞旁邊。形容詞子句的功用等同形容詞，用來補充說明該名詞。

形容詞子句的起頭字眼有二種：一、是拉起關係的代名詞：who, whom, whose, which, that。就是有關係的代名詞（the relative pronouns）。二、是從屬連接詞（the subordinate conjunctions / the subordinators）：when, where, why。分別標示時間、空間、理由。

底下劃單底線的，就是形容詞子句。劃雙底線的，就是關係代名詞，或從屬連接詞。

(1) Some fans who stayed in the square did actually see the movie star.

(2) The squirrel, which is a symbol of joy here, disappeared yesterday.

(3) Only a few old men still remember the day when the city was destroyed.

(4) The little town, which you can not find easily on the map, is a beautiful place.

(5) The people whom the earthquake killed lived in that mountain area.

(6) The desert covered the place where the ancient lake had been.

(7) Only curious people like to know the reason why a green land becomes a desert.

(8) The little girl who made a beautiful oil-painting was only 12 years old.

(9) Mr. Tolkiens, who was a professor of ancient languages, wrote the famous trilogy.

(10) The murder (that) you read in this story happened in 1600.

(11) This is the place (that) we saw the fire.

(12) He is a young man that looks evil.

(13) The old gentleman who sang the song met the song writer.

(14) The car bombings that occurred in 2007 were very terrible.

(15) She never gave him the reason (why) she left him.

(16) The lady to whom you gave the invitation card was my aunt.

(17) That is the castle about which the knights were dreaming.

(18) This is the theater of which he is the boss.

(19) My friends still speak of the day when you brought a huge pizza to my room.

## 4.21 英文名詞子句 (noun clauses) 的分析與中譯

第三種從屬複句,就是名詞子句。

名詞子句必須附屬於主句,但是只佔據一個名詞的位置。名詞子句的功用等同名詞,只代表主句裡一個名詞單位。可以當作主詞 (S) 、受詞 (O) 、補詞 (C) ,不論佔據何種位置,都維持名詞的身份。

名詞子句的起頭,有時是從屬連接詞 (the subordinate conjunctions) : when, where, why。有時是關係代名詞 (the relative pronouns) : who, whoever, whom, whose, which, what, whatever, that。

底下劃單底線的,是名詞子句。劃雙底線的,是從屬連接詞,或關係代名詞。括號內,指示名詞子句在句中的位置與功用。

(1) I know that she wants to be a conceptual artist.

　　(Direct object / 直接受詞)

(2) What she is planning about is unknown.

（Subject of the sentence／句子的主詞）

(3) The boss will give whoever wins the singing contest a large sum of money.（Indirect object／間接受詞）

(4) That is what you are thinking about.

（Subjective complement／主詞補語）

(5) Her grandfather will name her whatever it sounds special to him.（Objective complement／受詞補語）

(6) No one cared about that he might have a serious lung problem.

（Object of a preposition／介系詞的受詞）

(7) Seeing that the starry night was so beautiful, I began to experience Van Gogh's sense of beauty.

（Object of a participle／動形容詞的受詞／分詞的受詞）

(8) Her knowing that oral interpretation can be a good career makes her excited.（Object of a gerund／動名詞的受詞）

(9) He asked me to see whatever the new museum had collected.

（Object of an infinitive／不定詞的受詞／固定原形動詞的受詞）

(10) The puzzle, how the boy finds his way out of the labyrinth, will be a burden to us.（Apposition／同位語）

## 4.22　句子的翻譯方法

句子的翻譯，在句構處理上，有三種基本小法：

(1) 順譯小法（linear translation／sequential translation）

(2) 逆譯小法（reversing translation／inversion）

(3) 重組小法（recasting translation / reorganization）

    ①嚴謹的重組（strict reorganization）

    ②鬆弛的重組（loose reorganization），改寫（rewriting / free translation）

順譯時，按照原文的敘述順序，以及原句的主句、子句的排序，加以翻譯。重點是，把連接詞或關係代名詞妥貼譯出。順譯，用在新聞譯稿與同步口譯，因為可清楚表達新聞事件的先後、邏輯、字序。至於口譯員，必須邊聽邊譯，所以順譯為主。不過，順譯並不是字對字的直譯。

逆譯時，常改變原句的平面結構，前方的重點信息，會移到譯句後方。通常把ST的從屬句子，會在TT句裡調到不同位置。特別是，表示空間及時間的副詞，在中英文句子裡，本來慣用位置就不同，便需要顛倒順序來譯。

重組時，先把原句切割為數個片語（語意小單位），假設原句有五個片語：1-2-3-4-5，那麼在嚴謹的重組之後，譯句各個片語會保持完整語意，但語序改變。可譯為1-2-4-3-5或1-2-4-5-3。若是出現在字幕翻譯，會進一步考慮斷句與畫面的安排：若是分為三個螢幕畫面1-234-5，重組之後，可譯為1-243-5或1-24-53。如果採用鬆弛的重組，那麼譯句的各片語會全部變形，譯文就不會找到明確的「字對字」或「片語對片語」的語言對應，語序也會自由變化。

## 4.23 中英長句的翻譯考量

長句通常指複句結構的中英句子，延展到二、三行以上。使用

單一簡句展開長句的，比較少見，因爲難度高。翻譯長句的過程是
(1)拆解句子，(2)觀察語序，(3)轉換詞類，(4)保留語氣（陳定安編，
1992: 70-3; 柯平編，1997: 129-38）[2]。

　　拆解句子時，應根據標題辨識句子本意。通常句子前半的語意模
糊時，在句子後半，大都獲得清晰答案。長句，或順譯，或逆譯，化
解之道都是切割、重組。可用斜線切割拆解句子。按片語單位，或語
氣暫停之處，一截截拆成小部分。首先拆開主句與從屬子句，其次切
割子句，拆成片語指切割主詞詞組、動詞詞組、受詞詞組、補語詞組
等小單位。

　　順譯時，順著ST語序，檢視詞類與語態的搭配，加以協調轉
換。隨後，在TT譯句中，重組排列這些切割小單位。逆譯時，由譯
者自行考量。

　　長句裡，若見副詞子句、名詞子句、形容詞子句，就按著慣用的
TT語序翻譯，或爲了修辭效果，改成特殊語序呈現。特別是英文形
容詞子句，修飾用的，通常掛在名詞之後。若很短，英譯中，可移到
名詞之前。若太長，則當作中句的一個評論，放在譯句的名詞後面。

## 4.24　句譯指標是文本類別

　　句譯受限於文本類別。資訊文本（informative text）應清晰準
確，陳述客觀資訊。大致偏直譯，避免主觀的情感語言，期望讀者了
解，使用第三人稱居多，偏用過去式。

　　操作文本（operative text），是廣告類，屬特殊的文宣稿，重點
是創意及打動讀者的心，促其採取行動，例如購買行爲或投票。句
譯常用改寫（adaptation / rewriting）。資訊必須清晰，若附帶文學內
涵，須譯出這種美質。操作句，即呼籲句，翻譯時，主要使用第二人

稱。表示一方在溝通說服，另一方在接受。這種句子須創造想像的情境，譯筆帶有創意與幽默，最有效。處理文化差異時，須把句子的語言直譯。

表現文本（expressive text），即文學類，旨在呈現作者的設計，以及原文的特殊風格與美感。文學特質超強，連句子小單位都有特殊意涵，所以翻譯單位很小。字詞、字形、字音，都可能含有背景或聯想義。由於是文學句子，其中「壞語言」，如隨意的口頭語、慣用語、陳腐的比喻、俗不可耐的搭配詞、誇張的修飾字眼等，應該比較少。句譯時，須仔細辨識作者的心境與語氣。

多模態文本（multimodal text / audio-media text），混合了多樣視聽成分，有圖片、音樂、語言等。例如，網頁常有不同文本類同時出現，句譯時，須配合諸媒體的要求。

## 4.25 句譯方法的反思

不論何種文本，句譯先要考量語意功能與溝通功能，進一步才注意文學類特有的修辭的美感功能（Newmark, 1998: 42-3）。

句譯若用語意翻譯，會偏向作者的語言信息。若注重作者的心意，則接近文學翻譯。句譯若用溝通翻譯，會注重社交功能，以讀者為中心，依據讀者年齡、教育而調整語言。一旦遷就讀者的語言能力，必多加說明，不得不縮減原文的美質。

相較之下，語意句譯需要詮釋，類似文學句譯。二法都以作者為中心，必須深入詮釋。語意翻譯、文學翻譯，通常使譯句不如原句出色，因為比不上原句的文學生動。

比起溝通句譯，語意句譯常顯得短小精悍，因為溝通句譯為了向

讀者講清楚、說明白，難免增加字詞。

　　有些平凡乏味的詞彙字眼，毫無文學特質，句譯時，只能詮釋傳達，根本不必費心修辭了。如果句子有文學質地，譯者就須設計富有創意的造字造詞，修辭搭配。為了貼合原句的文學特徵，譯者的自我詮釋，反而趨於保守。

　　文學句子若在資訊、操作、廣告文本出現，譯者要修改原句，減少怪癖味道，盡量平凡化，以符合譯句的社會文化，才不致受排斥。

　　若有文化詞，在文學句，就盡力呈現這個外來語，分毫不變。在資訊句，可直接把外來語挪進來，附加一點說明。在操作、廣告句，就按翻譯目的，從譯句文化揀取對等的詞語來取代。

　　原句若有拙劣之處，是資訊文，就要改良，轉為精美。是廣告句，必是刻意的設計，只能原封不動的直譯（須與廣告主商量翻譯目的）。若是文學，顯然是作者有意如此，譯者就高度尊重，依樣畫葫蘆，保留原形。一旦確認是作者失誤之筆，就當附上譯註指正。文學翻譯必須絕對尊重作者。至於資訊、廣告翻譯，則不在乎作者，因為是集體寫作。

## 4.26　句譯對等的反思

　　奈達提出動態對等的翻譯觀念，超越了直譯意譯之爭，許多人就誤以為，翻譯的對等效果是最高境界。其實，這只是理想，不可能實現。人無法讓譯文讀者和原文讀者，產生同樣的閱讀效果。原因不少，其一，ST與TT的文化差異，並不能改變。其二，無法衡量個別讀者是否感受對等。其三，讀者閱讀反應，在質上，難以衡量對等效果。在量化估算上，比較有可能衡量，例如，是否行動，是否投贊成票，是否受歡迎。然而量化是翻譯對等的目標嗎？

其四，資訊句的對等效果，是針對一大群讀者，不是給單獨讀者。文學譯句的讀者是一個個的，因此大眾化的對等效果，必然粗糙。

其五，譯者若要揣摩閱讀感受，只能先以自己（單一讀者）的閱讀感受為準，才能捏塑讀者的閱讀效果。邏輯上，譯者個人無法產生大眾讀者的閱讀對等效果。況且譯者也無法確定自己與作者是否心意相通。其六，文學詩句講究字詞、語音、韻律，譯得再精細，也因各語言的聲音系統不同，絕難對讀者產生對等效果。

動態對等的翻譯，只是一種參考指標，用來輔助翻譯直覺。

## 4.27 中文複句的分析與譯法

中文複句，指兩個簡句連結在一起。連結就是關係，兩句主要靠「並列」關係（juxtaposition），不加任何連接詞。有時靠兩句主題（topics）的關係。複句是二個評論的句子。

根據主題多少，中文複句有三種：單主題複句、雙主題複句、多主題複句。

## 4.28 單主題複句

單主題複句，是句子有一個主題，二個評論。Topic,-Comment$^1$-Comment$^2$。簡化符號是T,-C$^1$-C$^2$，T,-C-C。

(1) 她讀完了小說，很高興。（T：她。C$^1$：讀完了小說。C$^2$很高興。）

(2) 林先生哭了，很傷心。（T：林先生。C¹：哭了。C²：很傷心。）

(3) 鴨吃了，飽得很。（T：鴨。C¹：吃了。C²飽得很。）

(4) 他呢書呆子嘛！不愛玩。（T：他呢。C¹：書呆子嘛！C¹：不愛玩。）

(5) 這故事很可笑，太短了。（T：這故事。C¹：很可笑。C²：太短了。）

以上例句的第二個評論，可以加回主題。只是讀來累贅。如下：

(1) 她讀完了小說，（她）很高興。

(2) 林先生哭了，（林先生）很傷心。

(3) ①鴨吃了，（鴨）飽得很。

　　②鴨（我）吃了，（我）飽得很。

(4) 他呢書呆子嘛！（他）不愛玩。

(5) 這故事很可笑，（這故事）太短了。

## 4.29　雙主題複句

雙主題複句，有二個主題，跟著二個評論。Topic¹ Topic²,-Comment¹-Comment²，簡化符號是T¹T²,-C¹-C²，TT,-C-C。

(1) 她小說讀完了，很高興。（T¹：她。T²：小說。C¹：讀完了。C²很高興。）

(2) 林先生昨天哭了，很傷心。（T¹：林先生。T²：昨天。C¹：哭了。C²：很傷心。）

(3) 田裡鴨吃了，飽得很。（T$^1$：田裡。T$^2$：鴨。C$^1$：吃了。C$^2$飽得很。）

(4) 他這人呢書呆子嘛！不愛玩。（T$^1$：他。T$^2$：這人呢。C$^1$：書呆子嘛！C$^1$：不愛玩。）

(5) 他把故事講完了，很可笑。（T$^1$：他。（把）T$^2$：故事。C$^1$：講完了。C$^2$：很可笑。）

## 4.30 多主題複句

多主題複句，就是句子有三個或更多主題，跟著二個評論。Topic$^1$ Topic$^2$ Topic$^3$,-Comment$^1$-Comment$^2$。簡化符號是T$^1$T$^2$T$^3$,-C$^1$-C$^2$，TTT,-C-C。

(1) 前晚她小說讀完了，很高興。（T$^1$：前晚。T$^2$：她。T$^3$：小說。C$^1$：讀完了。C$^2$很高興。）

(2) 林先生爲了女兒昨天哭了，很傷心。（T$^1$：林先生。T$^2$：爲了女兒。T$^3$：昨天。C$^1$：哭了。C$^2$：很傷心。）

(3) 田裡母鴨小鴨都吃了，飽得很。（T$^1$：田裡。T$^2$：母鴨。T$^3$：小鴨。：C$^1$：吃了。C$^2$飽得很。）

(4) 他這人記性好，是天才。（T$^1$：他。T$^2$：這人。T$^3$：記性。C$^1$：好。C$^1$：是天才。）

(5) 剛才他把故事講完了，很累。（T$^1$：剛才。T$^2$：他。（把）T$^3$：故事。C$^1$：講完了。C$^2$：很累。）

(6) 這個窩裡七隻波斯貓最胖的最瘦的都十分嬌媚，風情萬種。（T$^1$：這個窩裡。T$^2$：七隻波斯貓。T$^3$：最胖的。T$^4$：最瘦的。C$^1$：都十分嬌媚。C$^2$：風情萬種。）

## 4.31 中文單主題複句的譯法

翻譯中文複句，步驟見下例。首先，把主題與評論區分二區塊(1)。其次，把評論拆開，分成評論一，評論二(2)。接著，找出動作者與動詞，動作者是主詞，動作是動詞。檢視本句的主題，是不是動作者，是不是主詞(3)。再來，找到「動作者-動作」，等於找到「主詞-動詞」，判斷本句的基本句型(4)。然後，根據這基本句型，改用英文基本句型來譯(5)。譯成兩個英文簡句之後，須補上英文連接詞(6)。進一步，按照翻譯目的，考量文學修辭，提昇譯句的文學質地(7)。

**譯例：她讀完了小說，很高興。**

(1) 她—讀完了小說，很高興。

　　主題：她。評論：讀完了小說，很高興。

(2) 評論1：讀完了小說。評論2：很高興。

(3) 她—讀完了（小說），她（-LV）—很高興。（譯者須補上動作，是個無動作的存在動詞，就是Be動詞，LV）

(4) S-V (-O)，S (-V)-C。等於N-V (-N)，N (-LV)-N / Adj。等於英文第二句型，第五句型。

(5) S-V-O, and S-V-C. 等於N-V-N, and N-LV-N / Adj.

(6) 中文句子的「T,-C1」等於「S,-V-O」。這是及物動詞的V，就是Vt（transitive verb）。「她」是主題，也是主詞。主詞是動作者，動作是「讀完了」，承受者是「小說」。

(7) 譯者的修辭改稿。

如果是翻譯雙主題複句、多主題複句，譯法大致相同。首先處理

主題。從並列的幾個主題，重組安排一個動作者，再決定其動作。根據動作者，找主詞。再根據動作，找動詞。有了動作就找承受者，就是找受詞。

**譯例：林先生哭了，很傷心。**

（T：林先生。$C^1$：哭了。$C^2$：很傷心。）

T,-C-C。

本句可用「S,-V」來譯。是不及物動詞Vi（intransitive verb）。本句的主題與主詞重疊。「李先生」是主題，也是主詞。主詞是動作者。動作是「哭了」。評論二是「很傷心」，這裡須補上一個Be動詞。

**譯例：鴨吃了，飽得很。**

（T：鴨。$C^1$：吃了。$C^2$：飽得很。）

T,-C-C。

這句有兩種解讀。如果「鴨」是動作者，動作是「吃」。如果「鴨」不是動作者，那麼「吃」不是「鴨」的動作。是另一個「隱藏的動作者」發出的動作。要補上隱藏的主詞，配合這動詞。

句子不論幾個主題，是簡句或複句，翻譯的基礎都從基本句型開始解析。

## 中文複句：對等句、從屬句

中文複句，可根據主題多少而分類，此外，還可根據兩句的連接關係，細分為「對等複句」與「從屬複句」。

## 中文對等句（並列句）分析

中文對等句，根據主題多少，區分單、雙、多主題的複句。還可

根據兩句的主題異同，區分為「共同主題對等句」與「不同主題對等句」。

## 4.32　共同主題對等句

共同主題對等句，是二個簡句組成。兩句有共同主題。

中文的對等句，原則上採用並列。兩句之間，只用一個逗號，不用連接詞，見例(1)、(2)、(3)。不像英文對等句，在兩句之間，須夾一個對等連接詞（例如常見的and, but, for, so, or, nor）。

(1) 這些人十分貧窮，（這些人）相當誠實。
(2) 狗是忠實的動物，（狗）和人很親近。
(3) 老張清晨出門，（老張）開始做生意。

上面例句，前後兩句，主題相同，但後句省去主題，也不用代名詞。其實，後句也可加名詞或代名詞，但嫌累贅。

中文複句若不採並列，也可有連接詞。底下例句，劃底線部分就是連接詞，例(4)、(5)都加上連接詞。

(4) 雖然這些人十分貧窮，（這些人）卻相當誠實。
(5) 狗是忠實的動物，而且（狗）和人很親近。

有了連接詞，稱為「有標記」或「有標」（marked）。有標，指比較明顯，引人注意。沒有連接詞，稱為「無標記」或「無標」（unmarked）。無標，比較不明顯，不引人注意。

## 4.33　不同主題對等句

不同主題對等句，也是二個簡句組成。兩句的主題不同。

「不同主題對等句」與「共同主題對等句」，除了主題有差異，其他特徵都一樣。見例(1)、(2)。

(1) 張太太是素食者，五個兒子都吃葷。
(2) 王先生單身，他的弟弟結了三次婚。

若不採並列，也會有連接詞。下例劃底線部分，就是連接詞。有了連接詞，就稱有標記（有標）的不同主題對等句。

(3) 張太太是素食者，<u>但</u>五個兒子都吃葷。
(4) 王先生單身，<u>不過</u>他的弟弟結了三次婚。

# 中文從屬句（重疊句）分析

中文從屬句，根據主題的功用，區分「引介主題從屬句」與「兼用主題從屬句」。

## 4.34　引介主題從屬句：解析與英譯法

引介主題從屬句，藉著舊主題（已知主題），把新主題引介（引導介紹）出來。舊主題（已知主題）是舊信息，新主題是新信息。

引介，靠靜態的動詞表示。約有三類：(1)表示存在的、靜態

的、無動作的動詞，例如，「有、無、是」。(2)表示隱藏或顯現的隱現動詞，例如，「發生、出現、消失、長大、浮出、來了」。(3)表示狀態、姿態的靜態動詞，例如，「穿著、掛著、歇著、站著、躺著。」

引介主題從屬句，有兩個主題。第一主題引介第二主題，隨後出現的二個評論，就緊盯著第二主題。第一主題是引介的，第二主題是被引介的。被引介的主題，才是本句的主角。

引介主題之後，會跟著一個被引介主題。其後，只要一個評論，就構成了引介主題複句。然而「被引介主題」出現後，必須有兩個評論，才算是被引介主題複句。下例劃底線的，是第二主題，就是被引介的主題。例如：

(1) 我有個<u>朋友</u>，（這個朋友）很高，（這個朋友）不喜歡打籃球。

(2) 前面是個<u>外國學生</u>，（這個外國學生）從法國來，（這個外國學生）很喜歡中國菜。

(3) 花園出現<u>一隻貓熊</u>，（這隻貓熊）慢慢走路，（這隻貓熊）吸引了我們。

(4) 屋頂上飄著<u>一面旗子</u>，（這面旗子）銀白色，（這面旗子）顯得十分孤寂。

(1) 的譯法，把這個引介主題從屬句，先拆成二句：「我有個朋友」、「很高，不喜歡打籃球」。

「我有個朋友」是簡句，是單主題簡句。後句是複句，是同主題對等句。

各別譯成英文是：I have a friend. This friend is very tall and

doesn't like to play basketball.

再把二句結合，I have a friend who is very tall and doesn't like to play basketball.就成了英文從屬句。

這譯法，把兩主題合成一句，再把被引介主題當作另一個新主題，接續二個評論。這只是從基本句型的入門譯法而已，不是唯一的。若加上文學修辭的手法，才是變化多端的起頭。

## 4.35 兼用主題從屬句：分析與譯法

兼用主題從屬句，是兩句重疊，前句的受詞變成了後句的主題，這個後句主題，稱爲「兼用主題」。下例劃雙底線者，都是兼用主題：

(1) 老闆要你立刻交企劃案。
(2) 老闆要你立刻交企劃案，不可再延期了。
(3) 他寫了一封信給他朋友，公開朗讀。
(4) 他買了一個杯子很貴，但十分精美。
(5) 他寫詩自己讀，自己快樂。
(6) 她種玫瑰欣賞，做花茶。

例(1)「老闆」是第一主題。「你」是第二主題，也是兼用主題。「老闆」是動作者，動作是「要」。「老闆」也是主詞，「要」是動詞。「要」的受詞是「你」。「你」是下句的主題，稱爲兼用主題。

兼用主題之前的動詞，是及物動詞（Vt.）。

兼用主題之後，見例(1)，如果只出現一個評論，則是第一主題

的複句。見例(2)，如果出現兩個評論，才是兼用主題複句。

翻譯方法，以(1)爲例，先拆成二句：「老闆要你」與「你立刻交企劃案。分別英譯："The boss wants you" / "you hand in the project right now."

把二句結合起來，"The boss wants that you hand in the project right now."（unnatural）（本句合文法，但語氣不自然，native speakers不使用）。

可修改成"The boss wants you to hand in the project right now."（natural）。

然而，這不是唯一譯法，只是根據文法句型的入門譯法而已。

例(2)在兼用主題之後，多出一個評論「不可再延期了」。解讀與譯法，與例(1)相同。只要加譯一句「你─不可再延期了」，就行了。

## 4.36　主題連鎖句子：解讀與翻譯

如果中文句包含三個子句以上，就出現主題連鎖句（topic-chain），是一個主題，貫穿隨後所有的子句。

主題連鎖句，是同時適用白話與文言的句法。例如：

(1) 這棵樹，花小，葉子大，很難看。
　　T　　　C$^1$　　C$^2$　　C$^3$

這是T,-C$^1$-C$^2$-C$^3$的句構。一個主題，貫穿了三個評論。「這棵樹」是第一主題，劃單底線。評論C$^1$與C$^2$，各是一個單主題簡句，各

有主題（第二主題），劃單底線。唯有C³是純粹的評論，沒有附帶第二主題。

解讀時，有多種拆開法。如下(2)、(3)：

(2) 這棵樹花小，（這棵樹）葉子大，（這棵樹）很難看。
(3) 這棵樹，花小，葉子大，（這棵樹）很難看。

也可拆成三小句，見例(4)。或增加邏輯連接詞來詮釋，見例(5)：

(4) 這棵樹，花小。這棵樹，葉子大。這棵樹，很難看。
(5) 這棵樹，〔因為〕花小，葉子大。〔所以〕，很難看。

翻譯初步，先把三個評論譯成英文句子，見例(6)：

(6) The tree's flowers are small. The tree's leaves are big. The tree is ugly.

再根據第一主題的意義範圍重組，見例(7)、(8)：

(7) The tree, which flowers are small and leaves are big, is ugly.
(8) The tree, with its small flowers and big leaves, is ugly.

這些譯句只是建議的入門譯法，尚未考量修辭技巧。
下例(9)，主題連鎖句更複雜，句構是T,-C1-C2-C3-C4。

(9) <u>傾盆大雨</u> <u>淋溼了一個繁華大都市</u>，<u>讓所有屋頂都油亮亮，</u>
    T           $C^1$                         $C^2$

<u>也攔住了一些欲飛不能的黃昏灰鴿子，</u>
$C^3$

<u>卻無法不叫夜霓虹一星一點的閃起。</u>
$C^4$

解讀時，先拆成小句。使每個評論都與第一主題（傾盆大雨）連成單主題簡句，見例(10)：

(10)傾盆大雨淋溼了一個繁華大都市。／／傾盆大雨讓所有屋頂都油亮亮。／／傾盆大雨也攔住了一些欲飛不能的黃昏灰鴿子。／／傾盆大雨卻無法不叫夜霓虹一星一點的閃起。

翻譯法也是先把四個評論譯成英文句子，如(6)。再以第一主題為出發點，重組各句如(7)、(8)。

## 4.37 如詩的延展性：並列法

T,-C（主題─評論）的基本句型，透過文學創意，可造成驚人的語言效果與特殊美感。下例(1)的主題連鎖句，出自《史記，李將軍列傳》，描寫歷史上飛將軍的事蹟。這個長句的句構是T,-$C^1$-$C^2$-$C^3$-$C^4$，是散文的底子，維持一個單獨主題，卻一口氣延展了八個評論，讀來，令人直覺其人其事，英氣精練。

(1) 廣出獵，見草中石，以爲虎而射之，中石，沒鏃，視之石也，
TC$^1$　　C$^2$　　　　C$^3$　　　　　　C$^4$　　C$^5$　　C$^6$

因復更射之，終不能復入石矣。（出自史記李將軍列傳）
C$^7$　　　　　C$^8$

這個主題連鎖句，可根據其八個評論的簡單組合，譯成不同的英文句。能譯得像詩，有韻有律，也能譯成散文，平淡舖陳。譯者可依據自定的翻譯目的，選擇主題評論的排列組合，以及主題增刪等變化，就能譯出五花八門的英文句款式。

(a) Kuang went hunting (T,-C$^1$). He saw a rock in the grass (T,-C$^2$). Considering it a tiger, he shot it (T,-C$^3$). The rock was hit (T,-C$^4$). The tip of the arrow was wedged (T,-C$^5$). He found it but a rock (T,-C$^6$). Then he shot again (T,-C$^7$). Yet never could he penetrate it (T,-C$^8$).

(b) Kuang went hunting, saw a rock in the grass, and, believeing it a tiger, shot it (T,-C$^1$-C$^2$-C$^3$). The rock was hit, and the tip of the arrow was inset (T*,-C$^4$，T*-C$^5$). He discovered it merely a rock (T,-C$^6$). Then he shot again, but never could he penetrate it (T,-C$^7$，T-C$^8$).$^4$

(c) Kuang went hunting (T,-C$^1$). He saw a rock in the grass and considering it a tiger shot it (T,-C$^2$-C$^3$). The arrow hit the rock with the tip wedged in it (T*,-C$^4$-C$^5$). He found it just a rock, so he shot again (T,-C$^6$-C$^7$). Yet never could he penetrate it (T,-C$^8$).

(d) Li Kuang was out hunting one time when he spied a rock in the grass which he mistook for a tiger (T,-C$^1$-C$^2$-C$^3$). He shot an arrow at the rock and hit it with such force that the tip of the arrow embedded itself in the rock (T,-C$^3$-C$^4$-C$^5$). Later, when he discovered that it was a rock, he tried shooting at it again, but he was unable to pierce it a second time (T,-C$^6$-C$^7$-C$^8$). (by Burton Watson)[5]

　　再看例(2)，是元曲「天淨沙」。從T,-C（主題－評論）來拆解。這是富有詩質的長句，等於是二句形成。句構是T$^1$T$^2$T$^3$T$^4$T$^5$T$^6$T$^7$T$^8$T$^9$T$^{10}$,-C，T-C。一連串的寫景名詞，靜態的、並列的，不夾入任何邏輯連接詞，不展示觀者的思想組織來干擾，如走馬燈，直轉到末後，才另起一個單主題簡句，全盤托出自己心底的蒼涼感受。

　　這句子的特殊現象，是延展了主題部分，詩質極重。

(2) 枯藤老樹昏鴉，小橋流水人家，古道西風瘦馬，夕陽 西下，
　　T$^1$　　T$^2$　T$^3$　　　T$^4$　T$^5$　T$^6$　　T$^7$　T$^8$　T$^9$　　　T$^{10}$　C　，
　　斷腸人 在天涯。
　　　T　　　C

　　綜觀上述，前一句延展了評論，後一句延展了主題。都是靠著中文句子所潛藏的象形文字之並列特色，為了文學美感而書寫的特異句式，顯示了「主題－評論」句構在主題、評論部分，都蘊藏了並列式延展性。小結是，「主題－評論」的句構，有兩部分並列，都能如麥芽糖，扭之展之，構成中文句子絕佳風味。

　　翻譯法，原則如前所述，先拆成小句，再重組，可加可不加邏輯連接詞，接著是修辭變化，一切端看譯者個人的文學設計了。

# 第五章　翻譯的修辭與改稿

　　翻譯過程能分辨中英文的雅俗，才能剔除拙劣的句子。修辭改稿是文學翻譯對語言的高度要求，自然是對資訊翻譯有用。底下探討修辭與改稿的細節。

## 5.1 譯不譯and？

　　對等連接詞"and"的中譯，選擇性很多，可以是「和、與、跟、同、並、且、並且、及、以及、還有、連同」。譯字如何選擇？這就要根據文體。不過，在許多上下文，and不必譯出。

　　"And"是英文的對等連接詞，可用來連接兩個性質相近的單字、片語、句子。一次連接三個以上的單位時，在最後一個之前，須加and作連接詞（Quirk et others 1978: 552-68; Leech, & Svartvik, 1992: 158-160; Wishon, & Burks, 1980: 135-6）。但中文句子的連接特色，是「並列」關係，所以and通常不譯。尤其是四字成語、慣用語。例如「上上下下」、「左看右看」、「東張西望」、「生老病死」、「春夏秋冬」、「東西南北」等，都不加「與」或「和」。

　　英譯中，即使加了「與、和」，仍屬無效，並未特別反映and。其實，早年學者就提醒，從中文通順與否來看，這只是畫蛇添足（余

光中，1981:137）。「並列」可取代連接詞。底下例句有方括號的，
都是多餘的字。


(1) 人有生、老、病、〔與〕死的過程。

(2) 一年四季是春、夏、秋、〔和〕冬。

(3) 天地有東、西、南、〔及〕北的方位之分。

(4) 東〔和〕西，南〔和〕北都搞不清楚，算什麼東西？


　　其實，"and"譯「而」效果很好，也可採用並列方式。最要注意
是，and中譯字的左右，字數是否妥當，是否對仗，藉以強化修辭。
（*號表欠佳）


(5) 高叔叔的幾個小孩年幼和常感冒*。
　　　　　　　　／ 年紀小常感冒
　　　　　　　　／ 年紀幼小又經常感冒

(6) 我們長年來吃大虧，今天怎麼能忍耐和不計較*？
　　　　　　　　　　／ 忍耐而不計較
　　　　　　　　　　／ 忍得下而不計較

(7) 大人都覺得少年人的想法天真浪漫和不能腳踏實地*。
　　　　　　　　／ 想法天真浪漫，難以腳踏實地
　　　　　　　　／ 天真浪漫而不切實際

(8) 他在一所鄉下學校身兼校長、老師、和工友*。
　　　　　　　　／ 身兼校長、老師、工友

## 5.2 有標、無標（marked or unmarked），效果如何？

英文從屬句，有從屬連接詞。英譯中，有二方向可選：有標、無標（marked or unmarked，有標記、無標記）。有標，指句子使用了連接詞。

無標的中文複句，是採用並列，無連接詞。無標的句子，帶有原始而直接的感情，見例(1)、(2)。

(1) 他們拼命趕工，成果平常。
(2) 蘇老太太是國文老師，八個兒子國文都不及格。

有標的中文複句（不論同主題或異主題對等句），因為加上表示邏輯的連接詞，會產生思維而理性的印象。見例(3)、(4)、(5)、(6)，都是有標，連接詞都劃底線。

有連接詞，就是有標。有標的例(3)，連接詞含於句內。有標的例(4)、(7)，連接詞出現在後句句頭。有標的例(5)，有二個連接詞，兩個都在句內。有標的例(6)，有二個連接詞，前一個在句頭，後一個在句內。有標的例(8)，也有二個連接詞，都在句頭。

(3) 他們拼命趕工，成果卻平常。
(4) 他們拼命趕工，卻是成果平常。
(5) 他們雖然拼命趕工，成果卻平平常常。
(6) 雖然他們拼命趕工，成果卻是平常。
(7) 王老先生是英文老師，但是七個女兒英文都不及格。
(8) 雖然杜太太是歷史老師，但是兩個孩子歷史都不及格。

　　無標的中文複句，比較容易對仗，有詩的節奏，有戲曲的效果，帶有感情而較爲親切。相對的，有標的並列複句，適合於呈現思想性重、邏輯感強的說理文體——因爲連接詞表示人的理性思維。

## 5.3 「它」多餘嗎？

　　中文句的「主題—評論」，第一句的主題出現了，第二句可沿用，連代名詞都不需要，例如：「國王愛穿新衣，〔他〕不喜歡洗澡。」（共同主題對等句）

　　尤其是物的代名詞「它」，在中文裡既沒用，又礙眼。例如：這支鉛筆很貴，〔它〕又不好用。代名詞在中文用，有時是零代名詞（zero pronouns），有時是共同主題的、並列的對等句，用法與英文句不同（Li & Thompson, 1981: 657-75; Tsao 1998a: 9）。

　　有時，第一句的主題變成第二句的受詞，例如：「咖啡在桌上，你要不要喝〔它〕？」

　　有時受詞是複數，例如：「這三道菜都很好吃，你可以點〔它們〕。」這些受詞，在英文都有相應的代名詞，但在中文，因爲主題出現在先，所以受詞根本不必重覆。連所有格字眼，也不必重覆，例如：「我爺爺的懷錶早就失去〔它的〕功用了。」

(1) 新竹市是一座古城，〔它〕以風、米粉、挽臉白粉爲特產。

(2) 這一幅油畫很有特色，我十分喜歡〔它〕。

(3) 年輕人許多想法有時很有創意，領導者應該嚴肅對待〔它們〕。

(4) 你的馬克杯找到了，可是〔它的〕耳朵斷掉了。

(5) 我祖母的耳朵眼睛早就沒有〔它們的〕反應了。

　　例外是，翻譯小說或劇本，通常需要「它」或「他」，則另當別論。小說文字區分敘述與對話（narration & dialogue），對話部分，講究口語逼真，所以譯文須仿真，於是加了鬆弛的口語，就刻意用了口語的「它」，這也司空見慣。一般文章，還是少用為妙。

　　原則上，對話時主題出現在前，隨後就不重覆此主題，只須評論即可，根本用不上「它」。

　　例句(6i)、(7i)都提供了主題，隨後的對答，都不必使用代名詞了。

(6) i. 那隻狗找到了沒有？
　　 ii. 找到〔它〕了。
　　 iii.〔它〕乖不乖？
　　 iv.〔它〕不乖。
(7) i. 那個雪中送炭的好人找到了沒有？
　　 ii. 找到了〔他〕了。
　　 iii.〔他〕人在哪裡？
　　 iv.〔他〕不想讓人知道。

## 5.4 「地、底、的」有何差別？

　　早期白話文，用「底」字表所有格或形容詞，例如「美麗底玫瑰」，「她底衣袍迎風飄逸」。如今只偶爾在現代詩出現。不過副詞用「地」，仍屬常見。其實，「快樂地笑鬧一番」與「快樂的笑鬧一番」，閱讀效果並無差別。中文區分「快樂地」是副詞，而「快樂的」是形容詞，無效！況且「地」的語音，並不普遍。

　　中文修飾語（形容詞或副詞）經常自成評論，以四字格式，獨自

出現，置於句尾，連「地／的」都用不上。見下例，地／的之別，差異不大：

(1) i.　妹妹十分〔地〕激動，淚珠滾滾直下。
　　ii.　妹妹淚珠滾滾直下，十分激動。
(2) i.　那小子手提一個木桶閃過，慌慌張張。
　　　　　　　　　　　　　　慌慌張張〔地〕。
　　ii.　那小子手提一個木桶慌慌張張〔地〕閃過。
　　　　　　　　　慌慌張張

## 5.5　「們」是複數，怎麼用才好？

英文複數，靠名詞尾加上-s或-es，如books, foxes, ladies。中文複數，與英文不同，也有「們」字可用。只要把「們」加在代名詞「你、我、他」之後，就有了「你們、我們、他們」。也可加到人的名詞後，成了「小姐們、太太們、先生們」。

可是，「們」不能加到動物或無生命物體。否則鬧出四不像的「豬們」、「貓們」、「樹枝們」、「窗戶們」、「雲們」、「河們」。換言之，「們」字不得亂用。「們」字有親切意味，不能加在輕賤的詞語之後，不能用在「小偷們」、「恐怖分子們」、「壞人們」（喬志高等口述，1979: 223-33）。

中文複數，另有表達方法，如疊詞「一個個」、「一件件」、「人人」。名詞並列，表示複數，如「路上行人」、「狐群狗黨」、「孤兒寡婦」。還有「兒」字，放在名詞後，也構成複數，如「花兒」、「鳥兒」、「魚兒」。用法也有禁忌，一些不算小、不算巧的名詞，也不能用，好像「樹兒」、「石兒」、「山兒」，實在不行。

　　要表示複數，通常都靠上下文。句子已有複數的數量詞，就表明複數了。底下例句，都不必加「們」，因為劃底線的字，已讓人一目瞭然。


(1) 我們是人〔們〕，你們是人〔們〕，<u>大家</u>好好講話嘛。
(2) <u>全校的學生</u>〔們〕唸書都唸得很晚。
(3) <u>該區的警察</u>〔們〕沒有一個不緊張萬分。
(4) <u>本市的老師</u>〔們〕<u>一致</u>反對這份新教材。
(5) 馬戲表演一結束，孩子〔們〕<u>爭相</u>離場。


## 5.6 中英數量詞的秘方

　　中英文都有數詞、量詞，表示數目與度量衡。中文數量詞，例如：一棟、兩本、三輛、四匹等，譯成英文，就應刪掉量詞，譯為數詞a/one, two, three, four就夠了。見例(1-i)、(1-ii)、(1-iii)、(1-iv)。

　　反之亦然。英文雖只有數詞，中譯卻應添加量詞。一般常見的英文"a"，譯成中文時，理應隨著名詞的特色，添加不同的量詞，見例(1v)、(1vi)、(1vii)。


(1) i.　一棟房屋　　　　　　a / one house
　　 ii. 兩本書　　　　　two books
　　 iii. 三輛汽車　　　　　　three cars
　　 iv. 四匹馬　　　　　four horses
　　 v.　a hill　　　　　一座山
　　 vi. a fish　　　　　一條魚
　　 vii. a marriage　　　一門親事

　　同樣的，中英數詞與量詞一起出現，翻譯時，須配合名詞而調整，見下例：

(2) i.　一件傢俱　　　　　　a piece of furniture
　　ii.　一陣暴怒　　　　　　a fit of anger
　　iii.一群鴨子　　　　　　a flock of ducks
　　iv.一片旗海　　　　　　a sea of flags
　　v.　休息一下　　　　　　take a break
　　vi.踢他一腳　　　　　　give him a kick

　　有時，數詞不必譯出。除非是強調，或刻意表現口語，才譯出「個」字，見下例：

(3) i.　淋〔個〕浴；沖〔個〕涼　　take a shower
　　ii.　扮〔個〕鬼臉　　　　　　make a face
　　iii.生〔個〕火　　　　　　　make a fire
　　iv.他是〔個〕木匠。　　　　He is a carpenter.
　　v.　那是〔間〕木屋。　　　That is a log cabin.

　　順便一提，any含有不確定感，譯法上，不應拘限於「任何」。依口語可譯成「什麼」，例如：「任何人（什麼人）來求情，我都不管。」

　　some含有明確而正面的感覺，可譯為「一些、有些、幾個、些許」，甚至是「三兩學生（some students）姍姍遲來」、「零零落落的雲朵（some clouds）」，以符合文學翻譯的情境。

## 5.7 介系詞、介系詞片語的翻譯再思

英文介系詞（preposition），出現在名詞前面，如*after* ten thousand years, *in* the water, *in* the house, *under* the earth。可是，中文名詞，前後都能有介系詞，常見是「在…裡」、「在…中」、「從…中」、「從…裡」。其實，不必每次都用上前後兩個介系詞。可依文學修辭而定。見下例：

(1) 這地區每年大半時間都淹沒〔在〕水裡。
(2) 〔從〕海水中可檢驗出很多肉眼看不見的微小生物。
(3) 大量的煤炭和石油都埋藏〔在〕地底〔下〕。/〔在〕地底下。/在地底〔下〕。
(4) 不少宗教相信〔在〕千年後靈魂會復活。
(5) 「在」森林中有各種奇形怪狀的花草樹木。

有些英文介系詞片語，如as to, concerning, with regard to, with reference to直譯中文「至於、對於、有關、關於」，擺在句頭，引介片語或句子，這並非錯誤，卻很生硬，比較適合新聞文體。若用在文學翻譯，會引起僵化的理性印象。見下例：

(6) 〔對於〕他的升遷，上級開會的最後決定已經傳出來了。
(7) 〔有關〕李校長的做人做事的風格，大家都親身體驗了吧！
(8) 報紙刊登了不少〔關於〕太空人的資訊。
(9) 〔至於〕我們公司的方向是否有修正，目前經理尚未出面說明。

## 5.8 make是「做」或「作」？

　　「做」字的濫用，主要起於make大量湧現。翻譯家早年就探討這濫譯現象，只是歲月變遷，當年一些突兀的譯字，如今也稀鬆平常（余光中，1981: 139-41）。

　　make直譯「做」或「作」。可是，make a face / faces譯為「扮鬼臉」或「做鬼臉」。make a fire是「生火」或「做火」。make a fuss是「小題大作、大驚小怪」。make a joke是「開玩笑、開個玩笑」或「做個玩笑」。make a move是「採取行動」或「作出行動」。make a visit to是「訪問、參觀」或「做一個訪問、參觀」。make amends是「賠償、補償」或「作出賠償」。make friends是「交朋友」或「做朋友」。make merry是「盡情歡樂」或「作樂」。make sense是「有意義」或「作出意義」。make tea是「泡茶、沏茶」或「作茶」。make terms是「達成協議」或「作成協議」，何者較佳？

　　就文學翻譯而言，是各組前一種譯法，比較講究。若是新聞傳播，卻是後一種譯法流行！

　　「做」、「作」的盛行，有如國台語皆通行的萬能動詞「用」。口語上，一個「用」字走遍天下，代替一切精確動詞。比如，幫人提行李說「我來用就好」；搶著開門也說「我來用就好」；代人寫字還是說「這個我來用」。口語上真是有用，但文學書面上就不精緻、欠貼切。不過，有些字眼已廣為接受，如make love譯「做愛」，感覺比「求歡」、「行房」更有現代感。

　　下例(1)、(2)、(3)、(4)、(5)的「作出」，皆可拋棄，或換精緻字眼。下例(6)、(7)、(8)的「作為」，改「身為」便顯得文雅。「身」有具體指涉，又含意象，比抽象的「作」豐富許多。有時，

「作爲」改「做」，效果亦佳，如「做豪門子弟」、「我們做現代學生」、「做妻子」、「做情婦」。

從文學翻譯的路線看，精緻比粗糙更有價值。

(1) 哪一國對這種僵局先〔作出〕反應，就等於輸了大半。

(2) 裁員者的家屬成群結隊向母公司〔作出〕激烈抗爭。

(3) 國際間對幾位搶救震災而殉職的志願隊員〔作出〕深沈哀悼。

(4) 他們爲這件大事〔作出〕的決定令人不解。

(5) 多年來兩造糾纏不清，直到一方勉強〔作出〕建議，另一方才草草〔作出〕讓步。

(6) 〔作爲〕豪門的子弟，你不自我檢討反而責怪別人，豈不可笑？

(7) 我們〔作爲〕現代學生，唸書不應該只爲了文憑。

(8) 〔作爲〕一個妻子她是很不稱職，〔作爲〕一個情婦倒是成果斐然。

## 5.9 「有」或「存在」，哪個對？

英文變形句There + LV (Be) + N，是特殊句型（見四章4.8）。There佔據主詞位置，卻沒有明確意義，稱虛主詞（dummy sub-ject）。例如：There is a book on the table. There是虛主詞，與空間位置無關，不譯爲「那裡」。

There is或There are譯爲「有」，最妥當。許多人嫌一字單薄，擅加變化，就成了「存在」、「存在著」、「有著」、「具有」、「具有著」。更誇張的，還把「有著」配「存在」，結果字面上富麗

堂皇，實際卻累贅平淡。比較妥當是「存有」。方括號〔〕的字，可以不用。

(1) 大宅院裡〔具〕有〔著〕不少難以告人的家族秘密〔存在〕。

(2) 婆媳之間有一個鴻溝〔的存在〕，就是兩女人對同一男人的不同關愛。

(3) 他的詩與散文〔存在著〕英國式浪漫與新生白話的自由韻味。
　　　　　　（帶著／富於／充滿了／流轉著／浮蕩著）

(4) 第一名與第二名之間總〔存〕有些難以啓齒的疑慮〔存在／發生／出現〕。

There is not是否定句，仍可用「有」字為重心，再加上否定字眼即可，如(5)、(6)：

(5) 害他消瘦了半年的女子，他對她不再有〔有著／存在著〕牽腸掛肚的眷戀了。

(6) 沒有多少人曉得我們突然出現在花蓮〔的動機〕。

## 5.10　翻譯迷思"one of"

中文「之一」直譯one of her novels, one of his poems。乍看，似乎精確，其實不然。中文另有慣用的表達。「最偉大」的「最」，在中文只有一個，尾接「之一」讀來怪異。從文學翻譯的策略來看，這是瑕疵。從科技或新聞翻譯的角度來看，「之一」仍可接受。不同領域的翻譯，接納與需要是不同。

(1) i. 《寵兒》是諾貝爾獎得主童妮‧摩里森的著名小說〔之一〕。

    ii. 《寵兒》是諾貝爾獎得主童妮‧摩里森一部著名的小說。

(2) 葉慈是愛爾蘭最偉大的詩人〔之一〕。

葉慈是愛爾蘭一位相當偉大的詩人。

/ 極偉大 / 偉大

(3) 這是他勇於嘗試的重要原因〔之一〕。


## 5.11 比字句的妙用

「比字句」是「比較句」的一種。比較句的公式,是「X＋比Y＋(形容詞／副詞)程度」。有三種比法:優比、劣比、等比。

優比:例如,他比你強壯,你比我聰明。

劣比:例如,你沒有他客氣,他不如你(那麼)勇敢。

等比:是比較兩者同等,例如,她跟你一樣精明,你跟我一樣蠢笨。常用的比較字眼,有「比」、「沒有」、「沒」、「不如」、「跟…一樣」、「和…一樣」。

從主題評論(T,-C)看比字句,基本格式是「T比T, (-C)」。

比較的是主題,評論部分須可度量。程度有別時,可加上「很」或「些」。評論的用字,如:喜歡、憤怒、哀傷、憎恨、愛慕、很常、早些、晚些。

比字句的比法,見例(1)、(2)、(3)、(4)、(5),可比第一主題(劃單底線),也可比第二主題(劃雙底線者),見例(6)、(7)、(8)、(9)。

(1) 我比他敏感。

(2) 小妹比大姐有精神。

(3) 我比他鼻子敏感。

(4) 小妹比大姐毛筆字有精神。

(5) （我）比起他來，鼻子敏感多了。

(6) 我鼻子比他〔鼻子〕敏感。

(7) 小妹毛筆字比大姐〔毛筆字〕有精神。

(8) 我鼻子比他敏感。

(9) 鼻子（嘛）我比他敏感。

比較時，方括號〔〕的主題可以省略。

## 5.12 第二主題怎麼比較？

第二主題相比時，在第一主題之後，可加語氣詞「啊、呀、呢、嘛、吧」，見例(3)、(4)，藉以舒緩語氣，或呈現情緒（Li & Thompson, 1981: 252-64; Tsao, 1998a: 7-8）。中文時間「今天」、「昨天」，常出現句首當作主題。英文today, yesterday主要當作時間副詞，其位置變化多端。

（例1）的比較，最完整，兩個主題都比了。可是第一主題「我」重覆，頗嫌累贅。

（例5）最有中文特色。字面上，好像是「我」比「昨天」，其實是第一主題「我」之後的第二主題「今天」隱藏了。第二主題「昨天」前之第一主題「我」，也隱藏了。中文「我」比「昨天」，因為兩者都是主題，在T,-C句構是相同單位，等於主題比主題。英文不會

以I比yesterday，因為I是主語，yesterday是時間副詞。這是中英句構的不同。（例句中，第一主題劃單底線，第二主題劃雙底線。）

(1) 我今天比我昨天舒服。
(2) 我今天比昨天舒服。
(3) 今天比昨天（啊），我舒服多了。
(4) 我（呢），今天比昨天舒服。
(5) 我比昨天舒服。

英文句子She is faster than any other persons in the team.若中譯「她比隊上任何其他人都快」。故意點明「任何其他人」，比較精確嗎？其實不然。敘述者心裡，既把「她」先挑明了，再提「隊上的人」，已把她擺一邊，這下子兩方就能合理相比。事實上，簡潔譯為「她比隊上的人都快」就夠清楚了。

(6) 他游泳比本市〔任何其他〕男生都快速。
(7) 這女生比全校〔其餘〕女生都受歡迎。

## 5.13 「一定」與「一定的」的困擾

「一定」偏於副詞，強化助動詞或動詞，見例(1)、(2)、(3)。

(1) 明天你一定要來喔！
(2) 一定來！一定！一定！
(3) 這回我一定辦到，絕不食言。

　　近代有人把「一定」加「的」，用來譯certain，便出現形容詞「一定的」，見例(5)、(6)、(7)）。尤其是on a certain level，譯為「在一定的水準上」，to a certain degree譯為「在一定的程度上」，頗為流行，卻非優質中文。放在實用與通俗的新聞媒體上，猶有功效，可是用在文學翻譯，就不比「相當」與「某種」通順。換成「某種水準上」或「某種程度上」，就強多了。

　　(5) 總要有一定的水準才能進入國家劇院表演。

　　(6) 在一定的程度上，她會支持我們的探險工作。

　　(7) 高先生在全球環境綠化的努力上付出了一定的心血。

## 5.14　「把」字句怕「將」

　　把字句是中文的特色，公式是：「主詞＋（把）第一受詞＋動詞」。第一受詞，就是直接受詞（下例，劃底線者）（Li & Thompson, 1981: 345-59）。

　　(1) 他把桌上的菜都吃光了。→他－吃（光了）－（桌上的）菜。

　　(2) 她把一個重要的文件弄丟了。→她－弄丟（了）－（一個重要的）文件。

　　(3) 他們把海報張貼在城牆上。→他們（在城牆上）－張貼－海報。

　　(4) 服務生把一杯咖啡端了給那位貴賓。

　　　　　　　　　／端給了

　　→服務生 － 端給了 － 那位貴賓 － 一杯咖啡。

(5) 少爺把一袋銀子交給了老管家。→少爺交給了老管家一袋銀子。
　　　／交了給

　　英文第二基本句型是N-V-N／(S-V-O)。例(1)若改填入第二型，就成了「他—吃（光了）—（桌上的）菜」。簡化爲「他—吃—菜」。

　　「菜」是直接受詞（第一受詞），本句沒有間接受詞（第二受詞）。

　　例(2)，可改爲「她—弄丟（了）—（一個重要的）文件」。簡化爲「她—弄丟—文件」。「文件」是直接受詞（第一受詞）。本句沒有間接受詞（第二受詞）。

　　例(3)，可改爲「他們（在城牆上）—張貼—海報」或「他們—張貼—海報（在城牆上）」。「海報」是直接受詞（第一受詞）。本句也沒有間接受詞（第二受詞）。

　　例(4)與例(5)，可套入英文第三基本句型：N-V-N-N／(S-V-Oi-Od)。「服務生—端給了—那位貴賓——一杯咖啡」。簡化爲「服務生—端給—貴賓—咖啡」。「咖啡」是直接受詞（第一受詞），劃底線標示。「貴賓」是間接受詞（第二受詞），以框線標示。字面上，V緊鄰Oi是（間接受詞，即第二受詞，不是第一受詞）。受詞區分直接、間接，是根據實際的經驗關係，不是根據字面次序。第一受詞指經驗上最早承受動作的。

　　「把」與「將」可互換。「把」字通俗，適於日常口語，「將」字冷靜，適於科技或思維的語境。語言越正式、離口語越遠，所以「將」比「把」更適合嵌入正式文體。底下標「*」的，用法較不妥。

(6) 要出門就下雨，真把我氣瘋了。

　　　　　　〔\*真將我〕

(7) 華爾街新趨勢將行銷策略轉移到國際貨幣市場。

　　　　　　〔\*把行銷策略〕

(8) 那位女強人將事業與生活同樣經營的有聲有色，震撼當地社會。

　　　　　　〔\*把事業與生活〕

## 5.15 「被」字句是被動式嗎？

中文「被字句」的格式，：NP＋被NP＋V（名詞片語＋被名詞片語＋動詞）。被字句常表示不好、不幸的情境，和英文的被動式，並不吻合（Li & Thompson, 1981: 360-9）。如果英文被動句本身，沒有不幸的暗示，就不必刻意譯成中文被動句；最好用「主題評論」的句構，以正面陳述的句子譯出。

(1) \*i. 新上市的哈利波特冒險故事正被全球的讀者所爭相搶購著。

　　　　　　／全球讀者正在爭相搶購呢。

　　　　　　／有全球的讀者在爭相搶購呢。

　　　　　　／目前世界各地的讀者都在爭相搶購。

　ii. 全球讀者正在爭相搶購新上市的哈利波特冒險故事。

　　　　　　／目前爭相搶購

　　　　　　／目前在搶購

(2) *i. 愛因斯坦將會主要地被記憶為一位改變時間觀念的科學
家。

ii. ……在人們心中所留下的主要印象，就是改變時間觀念的
一位科學家。

iii. 記憶在人們心裡的愛因斯坦，是一位改變時間觀念的科學
家。

iv. 未來的人心裡所記得的愛因斯坦，……。
／後人心目中的
／人們記憶裡的

(3) *那一小隊軍人被指示在河口抵抗敵人的進攻。
／奉令／奉命／奉指示／經指派／受指示
／得了命令／受了指示

(4) *i. 他申請的計劃案已經被審查小組重覆地討論過，
／討論了幾次
最後被批准了。

ii. 他提出的計劃案審查小組已經討論多次，最後是批准了。
／多次討論

iii. 他的計劃案經過審查小組再三討論，終於（是）批准了。
／經

## 5.16 「連」與「甚至」的真相

「連」字，可挽救濫用的「甚至」。「連」字，可放在主題
前，不論是第幾主題，皆可（Tsao, 1998a: 7-8）。若要顯現口語的道
地與親切感，「連」比「甚至」有效多了。

「甚至」給讀者僵硬生冷感。下例(1)、(2)，第一主題是她，第

二主題是眼睛。例(3)，第一主題是眼睛，第二主題是她。任何主題前，都可放「連」與「甚至」。（下例第一主題，劃單底線。第二主題，劃雙底線。）

(1) 她甚至眼睛都很狐媚。
　　她連眼睛……。
(2) 甚至她眼睛……。
　　連她眼睛……。
(3) 甚至眼睛她……。
　　連眼睛她……。

## 5.17 形容詞、形容詞片語（指名詞前後的描述單位）的位置

英文形容詞，有時出現在名詞前面，有時在後面。見下例：
She is the only woman taking care of the sick here.

名詞woman前，有「形容詞」only。woman後，有「形容詞片語」taking care of the sick。翻譯時，only未必緊鄰在woman之前。taking care of the sick也未必跟在woman之後。

本句的翻譯步驟，先是切割四節。（譯句中有*號，表示譯法不妥。）其次，依據字典義直譯：

She is ｜ the only woman ｜ taking care of the sick ｜ here.
(1) *她是 ｜ 這唯一的女人 ｜ 照顧生病的人　　　 ｜ 在此。

接著，按照譯者的翻譯策略，設計文體，尋找最佳組合。

Woman，依此語境，可翻譯多種：女性、女子、少女、婦女、少婦、老婦、婆子、馬子。普通的字面義，是「女人、女性、女子」。其餘字義，帶有特殊情況、語氣、偏見。

(2) 她是｜唯一｜在此｜照顧病人的女子。
　　　　　　　　　／照料／看顧／看護／照護／處理／守護
　　　　　　　　　／管

原文裡，名詞前面的形容詞，在譯文裡，不一定在名詞前。同樣的，原文裡，名詞後面的形容詞，在譯文裡，不一定在名詞後。語言表達，可捏可塑，每句話都能出現多種組合。

(3) 只有她這位婦人｜在此｜照顧病患。
　　　　　　　　　／在這裡／在此處／在這地方
(4) *唯有她這位女士｜在此／照顧病患。
　　／獨有／唯獨／單單／單

單字only譯法不少：唯一、只有、獨有、唯獨、單單、單。這些字眼，粗略分為「口語白話」與「雅緻文言」，可搭配不同文體。

(5) 這裡｜只有她這婆子｜在照顧病人。
(6) 她這個女子｜是這裡｜唯一在看顧病人的。
(7) 單單她這〔一〕個女人｜在這裡／照料這些病人。
(8) 她是｜唯一｜在此｜照顧病人的一位女子。
　　　　／唯獨

taking care of的譯法有「照料、看顧、看護、照護、處理、守護、在照顧、管」。有一字、二字、三字的，都可接受，只是已涉及字數、平仄、聲音的精細考量。

散文翻譯，若在乎字數，是爲了建立節奏感。至於譯詩，絕對要考量音韻。例(5)，「這裡」、「只有」、「婆子」，在短距離內，一起出現，旨在呈現俚俗的口語感。

例(8)，「一」同字同音，卻在短距離內出現，是文學修辭的小小忌諱。如果改譯「唯獨」，就可迴避「一」的重覆之病。

## 5.18　形容詞搶句頭的秘訣

以形容詞起頭的句子，比較特殊。例(1)，curious至少有四種譯法。例(1-i)，偏向邏輯語言，有理性冷靜感。

(1) Curious, we ran to see her diamond wedding ring.
　　i.　出於好奇，我們跑去看她的結婚鑽戒／鑽石結婚戒指。
　　ii. 我們好奇，（我們）　就跑過去看……。
　　iii.很好奇，我們就跑去看……。
　　iv. 好奇啊，我們就都跑去看……。

例(1-ii)，把主題（主語）「我們」移到curious之前，構成（T,-C）句子。再用「共同主題對等句」的形式，接到下一個評論（有標記）。

例(1-iii、1-iv)，把「我們」移到後頭，放在第二句。例(1-iii)，增加「很」，這不影響節奏與字序。「很」經常接在形容詞後，是口

語字眼，未必強調very，比如「她很難過」、「我很快樂」、「你很激動」。

這些比「她難過」、「我快樂」、「你激動」，自然多了。若要強調very，則譯為「非常」、「十分」、「極為」、「頗為」等。

例(1-iv)，增加語氣詞「啊」。擴大情感的程度。

這些譯法是藉著T,-C句構，把curious轉成第一個評論（感嘆式小短句），再以並列方式銜接後句。等於把curious改成T,-C的評論，把主語we移前，當作隱藏的主題。

例(2)，Penniless then因為多了一個then，譯法更多。

首先，根據T,-C句構，將Penniless then改為評論。把主語she移前，變作主題She。其次，自行解讀為She was penniless then; she sold her ring.第三，把前句簡化，變成無主題的評論。為了符合原句的節奏、字數、份量，應盡量縮短，變成一個感嘆式評論小句。最後，用「並列」方式銜接下句，就是原來的英文主句。

(2) Penniless then, she sold her ring.

   i. 因為當時身無分文，所以她變賣了自己的戒指。
     ／那時

  ii. 那時候身無分文啊，她就變賣了戒指。

 iii. 身無分文啊，那時她就⋯⋯。

  iv. 她當時身無分文呢，於是就變賣了戒指。

   v. 這節骨眼上（呢）她身無分文，
     ／這關口上（呀）

  vi. 由於那時（啊）一文不名，她賣了她的戒指。

vii.當時（嘛）她一文不名，於是賣了戒指。

　　例(2)，then表示時間。時間在中文句中可作為主題，因此中譯的then變成主題，可譯成不同字詞。

　　若要譯句有修辭變化，可添加標記字眼，如「因為…所以」、「由於」、「就」、「於是」等。

　　其次，是字數考量。「當時」、「那時」、「那時候」、「這節骨眼上」、「這關口上」等，譯詞從二字到四字都有。全由譯者的翻譯策略決定。

　　使用語氣詞「啊、呀、呢、嘛、吧」，可強化口語感，會使譯文的正式程度降低，顯得不正式，雖不適合正式場合，倒很適合小說對話，或戲劇對白，有感性、有濫情。

　　例(3)，Awake or asleep共三字。是對比的形容詞，中間夾對等連接詞or。本句特殊，在於Awake or asleep所修飾的名詞，並不是her hatred，竟是隱藏的she。

(3) Awake or asleep, her hatred towards her lover tortured her.
　　i.　不論是醒著還是睡著，她對她的情人的恨意都在折磨著她。
　　ii.　不管醒著睡著，她對情人那一種憤恨都在折磨她。
　　iii.　不分是醒是睡，她對情人那份仇恨一直……。
　　　／不分清醒或沈睡
　　iv.　是醒著或是睡著，她對愛人的嫉恨都……。
　　　／是醒是睡／或睡或醒

　　若全句改成鬆散的英文，Whether she was awake or asleep, her hatred towards her lover tortured her. 譯句考量修辭形式，可根據字數、並列式、對等連接、標記變化、數量詞變化等，可構成許多選項。

## 5.19 形容詞子句有長有短

底下例句，都含形容詞子句（Adj. clauses）。標上「*」的，需要修改。劃底線部分，在下句已調整。

中譯時，短形容詞子句，可用「…的」方式，放在名詞前。長形容詞子句，若擺在名詞前，會產生弊病，見有*號的例(1-i)、(2-i)、(3-i)。

(1) *i. 學生總人數已經減少五萬的偏遠小學，存在著越來越嚴重的多餘教師的大難題。

   ii. 偏遠小學的學生總人數，已減少五萬，多餘教師成了越來越嚴重的大問題。

(2) *i. 全心投注於改革市景街容的市長，早就把毀謗挫折看作一文不值的小事。

   ii. 市長全心投注於市景街容的改革，早把毀謗挫折看得一文不值。

(3) *i. 材料雖能耐高溫和耐高壓卻因會腐蝕而效能減低的鍋子，不是本工廠預定採購之物。

   ii. 鍋子的材料即使耐高溫高壓，卻會腐蝕而減低效能，本工廠就無法採購。

英文形容詞子句，常出現在名詞之後，長短不一。

短的形容詞子句，見例(4)、(5)、(6)。長的形容詞子句，見例(7)、(8)。例句的形容詞子句，都用底線標示。

(4) She is the girl <u>who screams every morning</u>.

　　她就是<u>每早晨尖叫的</u>那個女孩。

　　　　那個<u>每早晨尖叫的</u>女孩子。

　　　　　<u>每日清晨尖叫的</u>少女。

(5) He is the guy <u>whose camera was stolen</u>.

　　他就是<u>照相機被偷的</u>那個傢伙。

(6) This is the house <u>that we live in</u>.

　　這就是<u>我們住宿的</u>房子／屋子。

　　　　　<u>我們居住的</u>房屋。

　　這是<u>我們所住的</u>房舍。


翻譯長形容詞子句，尤須注意。見例(7)，劃底線英文部分，是一個很長的形容詞子句。若是英譯中，把這個長長的子句，加一個「的」字，就全部放在名詞「海明威」之前，會顯得沈重拙劣。如下：

　　*<u>喜歡去危險之地旅行，收集構想、故事，還有各式各樣的靈感，然後創作了許多精彩的小說，爲世界各地的讀者所鍾愛的</u> 海明威 ，1954年榮獲諾貝爾文學獎。」

　　不如依照T,-C句構，把先行名詞Hemingway當作T（主題），不譯who。再把整個形容詞子句（底線部分）處理爲C（評論），比較順暢。見底下譯文。


(7) Hemingway, <u>who liked to travel to dangerous places collecting ideas, stories, and all kinds of inspiration and thus created many wonderful novels treasured by worldwide readers</u>, won the Nobel prize in literature in 1954.

海明威喜歡去危險之地旅行，收集構想、故事及各式各樣的靈感，然後創作了
　　　 ／到危險的地方 ／採集 　　 ／還有五花八門的感觸，隨後書寫
　　　　　　　 ／境地 　　　　 ／以及各種／種種 　／就這樣子

許多精彩的小說，為世界各地的讀者所鍾愛，一九五四年榮獲諾貝爾文學獎。
　 ／出色的 　　　 ／全球讀者所珍愛 　　　　　 ／獲得／贏得

也可按不同狀況，加上語氣詞「啊、呀、呢、嘛、吧」，添個逗號，讓語氣暫停，比如「海明威呢，」「海明威啊，」之後才接一個長的評論。


(8) And as in the game wherein the Japanese amuse themselves by filling a porcelain bowl with water and steeping in it little pieces of paper which until then are without character or form, but, the moment they become wet, stretch and twist and take on color and distinctive shape, become flowers or houses or people, solid and recognizable, so in that moment all the flowers in our garden and in M. Swann's park, and the water-lilies on the Vivonne and the good folk of the village and their little dwellings and the parish church  and the whole of Combray and its surroundings, taking shape and solidity, sprang into being, town and gardens alike, from my cup of tea.

（出自普魯斯特的《往事回憶錄》英譯本，藍燈出版社，1981；Marcel Proust是法國意識流小說家，精於各式長句。）


就像有一種玩法，日本人消遣自娛時，把瓷碗注滿清水，浸入一片片小紙，這時紙片仍無字無圖，不過，瞬間溼潤，會舒展旋轉，顯現顏色和特殊的形狀，變出了花朵、房屋或人形，有模有樣、清晰

<u>可辨</u>：就這樣子，一剎那我們的花園和史旺先生家大庭園裡所有的花朵，還有薇弗納河（Vivonne）的睡蓮，村裡的善良老百姓，他們的小屋子、教區禮拜堂、康姆瑞村莊（Combray）全貌以及周圍環境，都清楚現形，活生生的蹦出來了，城鎮也好花園也好，都來自我那一杯茶。

　　例(8)的形容詞子句（劃底線），比(7)的更漫長，根本無法移前，無法使用「…的」方式處理，只能以評論形式譯出。

　　英文形容詞子句，若恰好出現在受詞之後，譯者很容易會把動詞、受詞分隔太遠，結果，讀者一直注意一長串修飾文字，卻等不到受詞。如果修改，可把受詞往句子前搬移，變成主題。見下例：

(9) i.　*那家出版公司根本不會姑息任何未經協議也未簽合約就私自翻印書籍的商店。（動詞：姑息。受詞：商店。）

　　 ii.　任何商店未經協議也未簽合約就私自翻印書籍，那家出版公司根本不會姑息。（主題：任何商店。）

(10) i.　*他才不肯放棄任何一個惡劣情況下旁人以為是渺無希望的求生機會。（動詞：放棄。受詞：求生機會。）

　　 ii.　任何一個求生機會，旁人以為情況惡劣希望渺茫，他才不肯放棄。（主題：任何一個求生機會。）

(11) i.　外商公司的洋老闆竟然不在乎趙小姐在科學園區已經有了二十五年國內行銷經驗的這個資歷。（動詞：在乎。受詞：這個資歷。）

　　 ii.　趙小姐在科學園區已經有了二十五年國內行銷經驗，這個資歷，外商公司的洋老闆竟然不在乎。
　　（第一主題：趙小姐。第二主題：在科學園區。）

(12) i. *她承接了下週隨同我們新上任的經理去北部會見一群歐洲來的採購小組的口譯工作。（動詞：承接。受詞：口譯工作。）

　　 ii. 她承接了下週的口譯工作，要伴隨我們新上任的經理去北部會見一群歐洲來的採購小組。（主題：她。）

## 5.20 名詞子句算是胖名詞

　　翻譯一個名詞並不難，至於名詞子句，只要當作是一個發胖的名詞，就容易翻譯了。解讀重點，首先要辨認名詞子句前的連接詞（方框字）。再來就按翻譯的目的，塑造語言。

(1) She told me that the theater had been burned down in a big fire.
　　她告訴我劇場早已被大火焚毀了。
　　她對我說戲院已經……。

(2) that you cannot get a fish in the trees should be obvious.
　　你不會到樹上抓魚是顯而易見的。
　　樹上你抓不到魚是當然的。
　　　　　　　　/ ，本來如此。
　　你在樹上抓不到魚，人人皆知。
　　理所當然啦，你是不能緣木求魚的。

(3) We worried about how sad he was.
　　我們掛慮他到底傷心到什麼地步了。
　　我們煩惱他那麼傷心。
　　他憂傷很深我們很擔心。

(4) Remembering $\boxed{\text{what}}$ my mentor said, I handed in my term paper on time.

記起了我導師所說的，我就準時繳交期末報告。

想起導師所說的，我準時交了期末報告。

憶及導師的叮嚀，我便按時呈上了期末報告。

(5) Knowing $\boxed{\text{that}}$ the doctor is here is a comfort to us.

知道有這醫師在現場讓我們心有安慰。

曉得有醫師在這裡，對我們來說，真是安慰。

心知有醫師在此，真是我們一大安慰。

## 5.21 副詞子句的「當⋯時」

英文的副詞子句，是次要子句，有副詞功用。副詞子句最常見的連接詞是when。中譯有多種方式：

(1) 當⋯時

(2) 當⋯

(3) ⋯時

(4) 當⋯之時

(5) ⋯之時

(6) 當⋯的時候

(7) ⋯的時候

(8) 當⋯之後

(9) 等⋯之後

(10) ⋯之後

(11) 一⋯，就

(12) ⋯，就

　　口語上，「當」字起頭相當慣用，可是書面上，其閱讀效果最差。這字會讓讀者懸心、憋氣，直等到該副詞子句全部讀完了，才能放下注意力，安心呼吸。萬一譯者把副詞子句寫得太長，閱讀時，讀者一直摒息等待，根本不能換氣呼吸，心頭自有莫名的壓力。見下例，譯法多種。表示副詞子句功用的，都劃了底線。劣句則有*號：

(1) i.　*當賈寶玉來到瀟湘館，看見林黛玉那一柄象牙摺扇，依舊擱在木床沿上一堆繡荷包上的時候，他心裡的大石頭放下來了。

　　 ii.　賈寶玉來到瀟湘館，……。

　　iii.　賈寶玉來到瀟湘館之後，……。

　　iv.　賈寶玉一到瀟湘館，……，心裡的大石頭就放下來了。

(2) i.　他怎麼可能丟掉舊式的生活風貌為你這個前衛性的理想拼命，當他還深信傳統就是美德的時候？

　　 ii.　他還深信傳統就是美德，怎麼可能丟掉舊式生活風貌為你這種前衛性的理想拼命？

　　iii.　他還深信傳統就是美德之時，……？

　　iv.　還深信傳統就是美德時，他……？

(3) i.　*當我把劇本編好了的時候，馬上派人送到總部的導演辦公室。

　　 ii.　等我把劇本編好了，馬上……。

　　iii.　我劇本一編好，立刻……。

　　iv.　劇本我一編好，就……。

　　例(2-iv)將主語「他」隱藏起來。例(3iv)把受詞「劇本」移作第一主題。「我」本來是主題，兼主語，現在變成第二主題。

## 5.22　從屬連接詞的氣質：理性與感性

下例從屬子句（副詞子句），都劃單底線。從屬連接詞，劃雙底線。so ...that的譯法並非固定，可依該句子的語境而變動。如例(1)：

(1) She worked so hard that she caught up with her other class-mates in a month.

 i. 她工作很努力，所以一個月就趕上其他同學了。

 ii. 她是這麼拼命努力，所以才一個月就趕上了其他同學。

 iii.她工作這麼努力，結果一個月就追上其他同學了。

把so...that譯成「因為…以至於」，是字典義，很僵硬，不如日常口語親切而感性。英文從屬連接詞，越是使用呆板的公式譯法，越有理性冷靜的感覺，頗適合注重解說、強調邏輯的科技翻譯，以及新聞媒體翻譯。例(2)，有不同情緒的譯法：

(2) Tim was so tired that he fell asleep right away.

 i. 提蒙因為太疲倦，所以馬上睡熟了。

 ii. 提蒙太疲倦了，一下子就入睡。

 iii.提蒙累昏了，便立刻睡著了。

 iv.提蒙是那麼疲累，當下就睡熟了。

副詞子句，既可按原文次序而譯，也可自由調整位置。when的中譯，則不必受限「當」字。見例(3)：

(3) The three sisters never fail to give you a helping hand <u>when you are in trouble</u>.

    a. <u>不論你何時</u>遇上困難，這三姐妹都會向你伸出援手。

    b. 你陷入困境<u>時</u>，　　　　　……絕不吝於伸出援手。

    c. <u>只要</u>你有困難，　　　　　……<u>就</u>一定會伸出援手。

    d. 這三姐妹絕不會不出手相助，<u>如果</u>你有困難的話。

until的字典義，是「到…爲止」、「直到…才」、「在…之前」等。拿這些套入譯句，比較生硬。最好考量句子的正式或非正式程度，擇字而譯。見例(4)：

(4) I am afraid the class cannot finish the task <u>until</u> he arrives.

    i. 我怕的是<u>不等</u>他來，這一班<u>就</u>無法完成這份工作。

    ii. 恐怕要<u>等到</u>他來了，本班<u>才</u>能完成這項任務。

    iii. 恐怕要<u>等</u>他來，否則這班<u>不</u>能……。

    iv. 我擔心這班要<u>等到</u>他來，<u>不然</u>這件事辦不成。

「既然…就」、「因爲…所以」、「…因此」等連接詞，通常是前後一對。閱讀時，會產生一種理性邏輯的印象。如果以「並列」方式處理（例5-iv），會傾向口語，情感印象很強。

(5) <u>As he cannot read the secret code himself</u>, he'll have to ask me to do it for him.

    i. <u>既然</u>他自己不能讀懂這密碼，<u>就</u>只好請我代他讀了。

    ii. <u>因爲</u>他自己無法解讀這密碼，<u>所以</u>必須找我幫他讀。

    iii. 他沒辦法自己解讀密碼，<u>因此</u>只得找我代他解讀。

    iv. 他自己沒辦法讀這密碼，<u>只得</u>找我替他讀。

中譯時，T,-C句構會鼓勵譯者省略主語，採用無連接詞的「並列」方式，組合中文複句，可以提高口語傾向與情感強度。反之，若用S-P句構，加上連接詞，可增強理性印象。中文抒情散文，見例（6-iv），習慣把主語「我」省略，構成無主語的句子。

(6) The more I know her, the more I love her.
    i. 我對她了解得越多，就越愛她。
    ii. 對她越是了解，我就越是愛她。
    iii. 認識她越多，（我）就越愛她。
    iv. 了解她越多，就越是愛她。

如果句子短，又加上「因爲…所以」的連接詞，見例（7-iii），會顯得誇張又強調，但也展示邏輯理性的成分。若除去連接詞，改加上語氣詞（7-iv），則口語重，情感強。

(7) I didn't buy it because it was too expensive.
    i. 我沒買，因爲太貴了／啦。
    ii. 因爲太貴了，我沒買。
    iii. 因爲太貴了，所以我沒買。
    iv. 太貴了嘛，我沒買。

例(8-v)，譯文裡，because子句可移到前面。Sam和he的翻譯，可對調位置。連接詞「因爲」，放在山姆前、山姆後，皆可。

(8) Sam is trying to find a place of his own because he wants to feel independent.

*i. 山姆在設法找一個屬於他自己的住處，<u>因為</u>他想要感到自己是獨立自主的。

ii. 山姆正在努力找一個屬於自己的地方，<u>因為</u>他想要有獨立自主的感覺。

iii. 山姆拼命在找一個屬於自己的空間，<u>因為</u>想要感受獨立自主。

iv. <u>因為</u>山姆想要有獨立自主的感受，

／山姆<u>因為</u>

所以正在努力找一個屬於自己的地方。

v. 山姆想要體驗獨立自主，<u>所以</u>費盡心力在找一個屬於自己的屋子。

# 第六章　文體等級的區分

## 6.1 語言、文體的解讀與翻譯

解讀文本，需要考量文本語境與作者心境。語境，指文字安排所形成的關係與內涵，彷彿文本自成的世界，是文本內部的自我關係。每個句子都連於其語境（context），意即上下文。

字詞的選擇與設計，從過程到定稿，是作者的意思，反映了心的運作與想像世界，是作者與文本的關係。文體的解讀，就是分析字句及上下文的構成。

一句話，出於不同語境與心境，意義不同。例如，「這雜誌封面我沒感覺。」出於不同人，或是路邊讀者、雜誌主編、老闆、報攤小販、都會男女、美術人員等，各人身份與這句子的關係不同，意涵必然不同。單一句子，因為語境模糊，其意義的界定很有限。可是句子連續出現，延伸拓展，就有龐大的語料、語境作依據而解讀，該句的細膩背景意義就揭露了，可讀出歷史時空、人的世代、地理區域、社會族群、地方特色、年齡性別、生活角色等細微變化。

然而，孤立的一句話，仍可辨認不少特徵，例如，句子的文體形式與正式程度。

## 6.2 語言五等級的翻譯策略

　　口語與書面文字，都可區分正式或非正式，因爲從字詞選擇到句構安排，都展現溝通功用的不同等級（Close, 1982: 7-8, 16-7; Fowler & Aaron, 1995: 444-7, 756）。最正式的書面文字就是詩了。人的語言形式（口語與文字）大致區分五等級（湯廷池，1984: 321-74）。

　　等級一：超級正式（super formal）。文字上，以詩爲主。講究字詞音韻，格式定型，例如，唐五言七言的絕句與律詩、宋詞元曲、紅白大事的賀語或悼詞、英式與義大利式十四行詩（sonnet）、法國農民歌謠十九行詩（villanelle）等，都是相當脫離口語的文字形式。這種文體既正式又定形，極爲高級，是「超級正式」的文體，是人類對語言文字的運用，抵達巔峰之境的形式。

　　口語上，以總統文告、外交演講爲基準，遣詞用字，細斟慢酌。字句安排，注重對仗，富麗堂皇，繁複緊密，彷彿擺設國宴排場，是高級體面的語言。其目的並非實用功效，反是權勢能力的展示，幾乎都在高度正式的場合發表。

　　等級二：嚴謹正式（strictly formal）。文字上，指研究報告、學術期刊的論文體裁，須有嚴肅的造句修辭。寫作形式既僵硬又樣板，目前有兩種通用的論文範本，提供格式（包括標點符號、表格等）[1]。

　　口語上，是重要場合面對群衆所發表的演講文稿。不過，演講者與聽衆保持距離，沒有問答互動。文稿謹愼編排，認眞考量修辭技

---

[1] MLA，出自The Modern Language Association of America的寫作手冊。文學論文遵循此規範。APA，是The American Psychological Association設計的格式。科學論文大都根據此範本。

巧。特點是,句子組合工整複雜,一定有清楚明確的連接詞,呈現清晰的思想邏輯。

等級三:普通正式(semi-formal)。文字上,例如,申請學校或應徵工作的推薦信、商業書信、公司企劃案、會議簡報等,實用而正式的文體。

口語上,這是商業情境、工作場合、學校範圍所出現的對話。這個等級的語言,顯示兩人交談時,既是說話者,也是聽話者。交談內容,十分明確。說話時,態度自由,有些隨意。句法比較鬆散,採用簡句居多,不會刻意使用準確的連接詞,會反覆使用and連接鬆散句子(loose sentences)。

等級四:不正式(informal)。文字方面,比如寄給家人或親近朋友的書信、手機簡訊、e-mail、line。彼此關係毫不拘束,混合繁簡體字,夾雜外文字眼,使用簡稱、省略字詞、縮寫字串、自創符號。標點符號也未必符合規範,總是順著語氣使用逗號,隨便斷句。

口語上,是熟朋友的漫天閒談,多用簡句,常省去主語的名詞。命令句、反諷句都不時出現。口頭禪、插科打諢,也用得上。為了呈現閒散心境,抒發日常情緒,句法十分零亂。很容易看出連簡句也常不工整。使用連接詞,根本不求準確。有時會用許多and,連成一些鬆散句子(loose sentences)。

等級五:自我隨意式(personal free-style)。文字上,是寫給自己讀的,如備忘錄、小筆記、手撕便條、採購單、菜單等。不是與他人溝通之用的,所以文字上極端隨意,以簡化凌亂的居多。

口語上,這類語言較少見。除非精神有問題,難得有人會長時間自言自語。雖然人心裡的語言,流動不拘。若化成文字,就是意識流文字。生活上,這種自我隨意的口語例子不多。

超級正式的詩,對應政治外交的發言。嚴謹正式的論文,對應認

眞修辭的嚴肅演講。普通正式的實用文件，對應溝通談判的對話。不正式的親友書信或網路對話，與日常閒談互相對應。自我隨意式的便箋類文字，對應無拘無束的自言自語。

　　譯者能否辨認文體形式與語言等級，其重要僅次於文學文類的界定。不同文體的內容與感覺，各有差異。文體由段落構成，段落由句子構成。句子與句子之間，變化極大。譯者若要解讀敏銳與下筆精緻，須從句子比較著手。最重要是，辨認句子的正式與非正式的寫法。

## 6.3 語言的正式、非正式的翻譯考量

　　書寫或發言，會涉及不同文體。文體越正式，語言越莊重嚴謹。不正式的休閒文字或話語，摻雜俚俗口語，混雜濫情的字句語氣。底下指標，說明正式程度之別，供解讀評析之用。

## 6.4 指標一：句子緊密度，影響正式程度：
　　　平衡句、掉尾句、鬆散句

　　句子的成分安排，會產生不同的文體效果。鬆散句（loose sentence）、掉尾句（periodic sentence）、平衡句（balanced sentence），排列組合不同，可產生特殊的文體效果（Wishon & Burks 1980: 354）。

　　(1) 鬆散句：把句子切成數截，全句結束前，各截在文法上已結束。句子結構或意義，尚未捱到句尾，就完結了。（句子結構，指平面的線性構成，因為句子沒有立體結構。）例如：

John entered the living room / where his five sisters were all sleeping on the floor / and quietly turned on the desk light / with a pen in the left hand / and a story book in the right.

所有劃斜線之處，都可添加句號"."結束。閱讀這種句子，會有鬆弛感，因為結構缺少緊湊張力，給人比較不正式、拖泥帶水的流動感。

(2) 掉尾句：亦稱迂迴句，其句子結構或意義，須等到句尾，才能標上句號，意思才完整呈現。換言之，句子必須等到最後一字出現，才能寫下句號結束。這種文體效果，與鬆散句恰恰相反。掉尾句，適合展現懸疑緊張的情緒或語意，戲劇效果極強，不讓讀者片刻鬆弛，要求讀者摒息直到最後字眼出現。例如：

Seeing a woman's head with long black hair moving slowly on the wall and hearing a strange heartbreaking sound, they sensed that this ghostly situation was what they had expected for seven days.

(3) 平衡句：就是對仗句。以對等方式排列，利用相同文法形式的反覆，展現對比，點出相同與互異的特徵。

對等句（compound sentence）結構上都是鬆散句，對等連接詞有「and、but、for、so、or、nor」，見(1)、(2)、(3)。文學性平衡句，其對仗格式有詩意，是一般對等句所缺，見例(4)、(5)。句中斜線「/」之處，可放句號，把句子終止。

(1) My girl-friend wrote me a letter, / and I was afraid to answer it.

(2) None of the people in the house tried to save her, / but she did not blame them.

(3) I was sad, / for I lost my pet in the stormy night.

(4) A wise son brings joy to his father, / but a foolish son grief to his mother.

(5) The boy was taught to hate, / not to love.

　　比較平衡句、掉尾句、鬆散句，根據語言的正式程度，平衡句最正式，因為接近詩的格式反覆。

　　如果比較掉尾句、鬆散句。則「掉尾句」比「鬆散句」更正式。掉尾句的片語或子句，組合緊密，無法在句尾前任意結束。若提早結束，句構或語意就會不完全。所以掉尾句的文體比較正式。

　　相反的，鬆散句的片語或子句，結合散漫，不到句尾，就有好幾處暫停，可放句號把句子終止。文體上，鬆散句比不上掉尾句正式。

　　例(6)是掉尾句，例(7)是鬆散句，(6)比(7)正式。

(6) Even to her own mother, she did not want to tell the secret.

(7) She did not want to tell the secret / even to her own mother.

　　(8)、(9)都是含副詞子句的複句。(8)是掉尾句，(9)是鬆散句。(8)比(9)更正式。兩句差別，只在副詞子句的位置不同。

(8) When the good news of his safe arrival came to us, our sorrow turned into joy.

(9) Our sorrow turned into joy / when the good news of his safe arrival came to us.

## 6.5 指標二：避開特定人稱，比較正式

句子不含「人稱代名詞」比較正式。人稱代名詞是「you, I, he, she, they, we, one」。「your, his, her, their, our」也算人稱代名詞，都比較不正式，等於粗俗些，在客氣文雅的氣氛上較量，略遜一籌。語言越客觀，越冷靜，越正式。底下各組例句，i比ii正式。

(1) i.  English is also used in Taiwan.

   ii.  We also use English in Taiwan.

(2) i.  Clean water and fresh air are necessary to the health.

   ii.  Clean water and fresh air are necessary to your health.

期刊論文是正式文章，不應直呼讀者you。教科書才稱呼you。主要是教科書的功用是教導、指示，是指引讀者。論文讀者，可能是權威學者，或身份高者，不宜直呼you。

句子不含人稱代名詞，比較正式，爲了這效果，可以採用「被動式」，見例（3i）、（4i）。被動式避開人稱，不像主動式則非有人稱不可，例（3ii）、（4ii）。下例，i比ii正式。

(3) i.  The old methods should be canceled.

   ii.  You should cancel the old methods.

(4) i.  This mistake can be avoided by turning to the modern ideas.

   ii.  We can avoid this mistake by turning to the modern ideas.

　　被動式句子以it開頭的，例（5i）、（6i），比we、you、they開頭的正式（5ii）。也比people、the crowd等人物開頭的句子，更正式（6ii）。下例i比ii正式。

(5) i.　It is said that there are many missing dogs.

　　 ii.　They say that there are many missing dogs.

(6) i.　It is believed that the global warming is dangerous.

　　 ii.　People believe that the global warming is dangerous.

　　根據指標一，it起頭的句子，結構上，是鬆散句（5i）、（6i）。因為把緊湊的句子（5ii）、（6ii）拆開，分裂兩半。但語意上，卻屬掉尾句。因為「it…that」句子，靠「it部分」帶領讀者留意後來的「that部分」。

　　it是虛主詞，引介虛的信息。隨後that子句，才是實的信息。所以it起頭的句子，會讓讀者一直期待，直等到最後的字出現了，才算全句終止。這正是掉尾句的效果。

## 6.6 指標三：經驗相同，靜態比動態更正式

　　採用「名詞、名詞片語」（靜態）比「動詞、動詞片語」（動態）呈現，更為正式。名詞表示靜相，動詞表示動態。語言越是高雅正式，越是寧靜，不輕易碰觸對方的人格、主權、身份。「名詞、名詞片語」是靜態表現，較能與對方保持一種禮儀的距離。

　　「動詞、動詞片語」是動態表現，與對方的關係比較親暱或隨意，不易保持禮儀的距離。所以「名詞、名詞片語」的呈現，比較正式。底下有簡例，附上修改建議。

(1) She smiled.

（改成her smile / smiling比較正式）

（主詞She改成所有格her，動詞smiled改成名詞smile，或動名詞smiling）

(2) He is sad.

（改為his sadness / his being sad比較正式）

（主詞He改成所有格his，形容詞sad改成名詞sadness，或改成含動名詞的being sad）

(3) She speaks Chinese fluently.

（副詞fluently改成with fluency較正式。或改全句She speaks fluent Chinese比較正式）

此外，表示靜態的介系詞片語（只要語意明確具體），也比副詞正式。例如in recent weeks / recently、in recent years / recently，前者比後者正式。如下各組例子，i比ii正式。

(4) i. <u>In recent days</u>, young people are crazy about rap music and breakdance.

ii. <u>Recently</u>, young people are crazy about rap music and break-dance.

例句(5i)的介系詞片語，明確具體，比(5ii)的形容詞更加正式。

(5) i. The heavy rain <u>of recent weeks</u> has killed many villagers.

ii. The <u>recent</u> heavy rain has killed many villagers.

　　動詞若改爲「形容詞片語」比較正式。因爲「形容詞片語」語意較明確，而且形容詞代替動詞，會有靜態的特質。下面各組例句，例i都比例ii正式。

(6) i.　The memo is advisory against his acting in haste.

　　ii.　The memo advises him against acting in haste.

(7) i.　Her report is suggestive of an economic crisis.

　　ii.　Her report suggests an economic crisis.

(8) i.　We are hopeful of a boom in the business.

　　ii.　We hope a boom in the business.

(9) i.　She is desirous to have a precious bag.

　　ii.　She desires to have a precious bag.

　　以下各組，i含有「名詞、名詞片語」，文體等級比ii正式。

(10) i.　She takes pride in her beauty.

　　ii.　She is proud of her beauty.

(11) i.　I was surprised at his early coming to the meeting.

　　ii.　I was surprised that he came to the meeting so early.

(12) i.　He gave no explanation to his plan.

　　ii.　He did not explain his plan.

　　being是動名詞，含有一半的名詞身份，較爲靜態（靜態即靜相，指靜止的形象）。was是連接動詞，本身不是動作，只表示存在，卻偏向動態，所以was比being 更爲正式。that I was unable to stay是名詞子句，being unable to stay是名詞片語，比較之下，子句不

如片語正式。原則上，名詞的靜態比動詞的動態更正式，見例(13)：

(13) i. I regretted being unable to stay.

ii. I regretted that I was unable to stay.

his lateness含有形容詞改造的名詞，his being late含有動名詞。前者靜相，比較正式。名詞是靜相，不含動態。動名詞含動態成分。原則上，名詞比動名詞正式，見例(14)。

(14) i. He said nothing about his lateness.

ii. He said nothing about his being late.

(15) i. Life in Paris is romantic.

ii. To live in Paris is romantic.

(16) i. It is my understanding that the issue is difficult.

ii. I understand that the issue is difficult.

例(17i)劃底線的，是名詞，表靜相，最為正式。(17ii)劃底線的，含有動名詞，動態性強，比較不正式。(17iii)劃底線的，是名詞子句，子句比片語鬆弛，又因含有動詞而動態性強，動態性強則傾向日常的隨意口語，最不正式。

(17) i. We worried about the discovery of our failure.

ii. We worried about our failure / failure's being discovered.

iii. We worried that our failure might be discovered.

## 6.7 指標四：字詞原樣，比較正式

字詞不簡化、不省略、不縮寫、不口語化，保持原樣比較正式。相反的，經過濃縮、簡化、省略等變形手續，就成了縮簡形式（short forms/contractions），表示了急就章、速度快、動態強，也破壞了字詞的原形、原汁、原味，當然比較不正式。簡單說，沒有變形的字詞，總比有變形的字詞來得正式。

例如，以下單字組，前者不正式，後者正式：'cause/because、bett/ had better、can't/cannot、champ/champion、co-op/cooperative、demo/demonstrate、cuffs/handcuffs、etc./and so on、exam/examination、goin'/going、grad school/graduate school、memo/memorandum、phone/telephone、PK/penalty kick、plz/please、Q&A/question and answer、women's lib/women's liberation、won't/will not。

句子有明確的名詞，如the pen或the books，卻改為模糊的代名詞it或them，就變得不正式。底下各組例句，(a)比(b)正式；(b)比(c)正式；(c)比(d)正式。不正式的原因，主要是含了簡縮、變形、模糊的字詞。

(1) i.  Do you like it?

    ii. Like it?

(2) i.  It's nice to meet you.

    ii. Nice to meet you.

(3) i.  I'm kind of angry.

    ii. I'm kinda angry.

(4) i.  Give him a bottle of beer.

    ii. Give him a beer.

(5) i.  Come to see us.

    ii. Come see us.

(6) i.  Go and help your brother with his bags.

    ii. Go help your brother with his bags.

(7) i.  I'll see you next week.

    ii. See you next week.

(8) i.  All right. See you next week.

    ii. OK. See you next week.


見例(9)，it是模糊的代名詞，卻取代清楚的名詞my meaning，所以比較不正式。


(9) i.  Do you get my meaning?

    ii. Do you get it?

    iii.Get it?

(10) i.  Have you ever been shot at?

    ii. You ever been shot at?

    iii.Ever been shot at?

(11) i.  Thank you very much.

    ii. Thank you.

    iii.Thanks.

(12) i.  I am going to see him tomorrow.

    ii. I'm going to see him tomorrow.

    iii.I'm gonna see him tomorrow.

    iv. Gonna see him tomorrow.

## 6.8 指標五：用字精確，較正式；用字模糊、過度口語，較不正式

字的語意範圍越小，越精確，越正式。字的語意範圍越大，越寬廣，越不正式。「語意範圍小」的字詞比「語意範圍大」的更正式。底下有四類單字組，可供觀察。

(1) catch/get、dismiss/fire、explain/show、mend/fix等，前者語意範圍小，所以文體上比較正式。

(2) discover/figure out、child/kid、somewhat/sort of、several/a couple of、whether/if等，前者是明確字詞，後者是含糊口語，所以前者比較正式。

(3) receive/get、obtain/get、acquire/take等，前者是拉丁語系字，語意較明確，範圍較窄小，後者是英國本土（盎格魯撒克遜語Anglo-Saxon）的單音節字，語意含糊、範圍較寬，所以前者比較正式。

(4) extinguish/put out、disappoint/let down、reduce/cut down、succeed/take off、cause/bring on、invent/make up、start/set out等，後者是「雙字動詞」（two-word verbs）或稱「片語式動詞」（phrasal verbs），屬於慣用的口語字詞，都比不上前者字詞的清楚明確。前者較正式。

下面各組，i比ii正式。見例(5)，清楚的名詞The weather，比起代名詞It，語意更明確，(5i)比(5ii)正式。

(5) i.  <u>The weather</u> was fine yesterday.

   ii.  <u>It</u> was fine yesterday.

(6) i.  They were <u>reared</u> in Norway.

   ii.  They were <u>brought up</u> in Norway.

(7) i.  She <u>received</u> my mail last week.

   ii.  She <u>got</u> my mail last week.

(8) i.  This is the pub <u>which</u> I wrote about.

   ii.  This is the pub <u>that</u> I wrote about.

(9) i.  There was <u>a child</u>.

   ii.  There was <u>a kid</u>.

(10) i.  I went to the officer to <u>obtain</u> an application form.

   ii.  I went to the officer to <u>get</u> an application form.

(11) i.  We <u>postponed</u> our project.

   ii.  We <u>put off</u> our project.


　　各種詞類，都有正式與非正式的區分。底下例組，前者比後者正式。

　　名詞方面，例如：intelligence/brightness、man/guy、girl/gal、courage/nerve、lady/woman、police/cop等。

　　動詞方面，例如：agree/go along with、compose/write、enter/get into、endeavor/try等。

　　助動詞方面，例如：should/had better、must/have to等。

　　連接詞方面，例如：whether/if、therefore/thus、for/because、because of/thanks to等。

　　副詞方面，例如：very/pretty, rather/quite, well/OK等。

## 6.9 指標六：字詞使用上，遵守文法規則較爲正式

例(1)，whom/who都可用，若依照文法規則，應該用受詞whom才算正式。同理，見例(2)，在受詞位置上，whomever/whoever都可用，但前者比較正式。下例，(i)比(ii)正式。

(1) i.　I found the man whom you saw yesterday.

  ii.　I found the man who you saw yesterday.

(2) i.　Whomever she meets, the only topic she talks about is her boyfriend.

  ii.　Whoever she meets, the only topic she talks about is her boyfriend.

due是形容詞。due to意思是「因爲、由於」，正與because of、owing to、on account of的意思相同。dut to屬於不正規用法，例(3)。同理，thanks to的意義也是「因爲、由於、幸好」，也屬於不正式，因此適合口語之用，見例(4)。

(3) i.　He could not come <u>because</u> of a fever.

  ii.　He could not come <u>due to</u> a fever.

(4) i.　<u>Because of</u> your failure, she gains her success.

  ii.　<u>Thanks to</u> your failure, she gains her success.

應該用名詞子句"that it is cheap"的地方，卻用副詞子句"<u>because</u> it is cheap"，就是不正式，見例(5)。i比ii正式。

(5) i.  The reason I chose the book is <u>that</u> it is cheap.

    ii. The reason I chose the book is <u>because</u> it is cheap.

本來"the reason why...is"後面，應該接續名詞(6i)或名詞子句(5i)，卻出現連接詞片語 "because of..." (6ii)，因此較不正式。

(6) a.  The reason why I chose the book <u>is its price</u>.

    b. The reason why I chose the book <u>is because of its price</u>.

以名詞當作副詞用，與嚴格的文法規則顯然不符，所以比較不正式。例如：at any time/any time、on weekends/weekends、in a different way/a different way、anywhere/anyplace、everywhere/everyplace，每組前者是副詞，爲正式用法。但後者，是名詞或名詞片語，都不符合文法規則，因此比較不正式。口語上卻是常見，非常適合表現親切隨意的口語文章，見例(7-10)，(i)比(ii)正式。

(7) i.  Foreign guests are welcome <u>at any time</u>.

    ii. Foreign guests are welcome <u>any time</u>.

(8) i.  The lazy boy swears never to work <u>on weekends</u>.

    ii. The lazy boy swears never to work <u>weekends</u>.

(9) i.  We are twins but deal with this matter <u>in a different way</u>.

    ii. We are twins but deal with this matter <u>a different way</u>.

(10) i.  Our guide never let us go <u>anywhere</u> without him.

    ii. Our guide never let us go <u>anyplace</u> without him.

(11) i.  The man took her almost <u>everywhere</u> he went.

    ii. The man took her almost <u>everyplace</u> he went.

同樣的，以形容詞取代副詞，這與嚴格的文法規則，亦不相符，比較不正式，卻適合於表現親切隨意的口語文章。見例(12)-(14)，(i)比(ii)正式。

(12) i. He walks <u>slowly</u>.

　　 ii. He walks <u>slow</u>.

(13) i. No one acts <u>quickly</u>.

　　 ii. No one acts <u>quick</u>.

(14) i. My mother got <u>really</u> mad.

　　 ii. My mother got <u>real</u> mad.

例如，以名詞組no use，取代正規的介系詞片語of no use。或者以名詞組the way，取代正規的連接詞as。或者以名詞組the moment或the minute，取代正規的連接詞片語as soon as。或者以介系詞like，取代正規的連接詞片語as if或as though等，都比較不正式。例(15)、(18)，i比ii正式。例(19)、(20)，i比ii正式，ii比iii正式。

(15) i.　It is <u>of no use</u> for me to go further.

　　 ii. It is <u>no use</u> for me to go further.

(16) i.　He surely does not behave <u>as</u> an adult of his age should do.

　　 ii. He surely does not behave <u>the way</u> an adult of his age should do.

(17) i.　The police will arrest him <u>as soon as</u> he gets outside.

　　 ii. The police will arrest him <u>the moment</u> he gets outside.

(18) i.　<u>As</u> I said, just do it.

　　 ii. <u>Like</u> I said, just do it.

(19) i.　The song sounded <u>as if</u> someone <u>were</u> dead.

　　 ii.　The song sounded <u>the way</u> someone <u>was</u> dead.

　　 iii.The song sounded <u>like</u> someone dead.

(20) i.　Now, you must play the piano <u>as</u> I do.

　　 ii.　Now, you must play the piano <u>the way</u> I do.

　　 iii.Now, you must play the piano <u>like</u> I do.

　　英文假設語氣，須用過去式，正式寫法以were代替was。如果改用其他的，都算不正式。例(21)，i比ii正式。例(22)，i比ii正式，ii比iii正式。

(21) i.　On the stage, he walks as if he <u>were</u> a tiger.

　　 ii.　On the stage, he walks as if he <u>is</u> a tiger.

(22) i.　My friends stare at me as if I <u>were</u> a monkey.

　　 ii.　My friends stare at me as if I <u>was</u> a monkey.

　　 iii.My friends stare at me as if I <u>am</u> a monkey.

　　如果英文假設句的子句，可接原形verb，也可接should + verb、may + verb，那麼，採用should + verb、may + verb更加正式。例(23)的Edward show很典雅，比一般口語Edward should show正式。i比ii正式，ii比iii正式。

(23) i.　It is important that Edward <u>show</u> his friends the map.

　　 ii.　It is important that Edward <u>should show</u> his friends the map.

　　 iii.It is important that Edward <u>shows</u> his friends the map.

i間接而靜態，ii直接而動態，i比ii正式，見例(24)。

(24) i. It is dangerous <u>that you should</u> tell her the truth.

ii. It is dangerous <u>for you to tell</u> her the truth.

有助動詞的，比平常說法正式，見例(25)。

(25) i. Whatever bad news <u>may come up</u>, we must remain cool before the enemy.

ii. Whatever bad news <u>comes up</u>, we must remain cool before the enemy.

下例，i比ii正式。

(26) i. Taipei is a modern city to <u>work</u> in but not a good place to <u>live in</u>.

ii. Taipei is a modern city to <u>work</u> but not a good place to <u>live</u>.

(28) i. She is <u>crazy about bags</u>.

ii. She is <u>bag crazy</u>.

(29) i. The novel is about <u>a girl with brown eyes</u>.

ii. The novel is about <u>a brown-eyed girl</u>.

(30) i. The boy was <u>educated in Taiwan</u>.

ii. The boy was <u>Taiwan-educated</u>.

本來可能出現的事，應使用完成式，例(27)，i比ii正式。

(27) i. She could <u>have gone</u> to Paris last summer.

　　 ii. She could <u>go</u> to Paris last summer.

見例(31)，(31i)是過去完成式，全句一致。例(31ii)只寫過去簡單式。i比ii正式。

(31) i. They <u>had finished</u> their breakfast before the boss stepped into the office.

　　 ii. They <u>finished</u> their breakfast before the boss stepped into the office.

## 6.10 指標七：句子字詞「濃縮而緊湊」比「不濃縮而鬆散」更正式

句子的字詞「濃縮」（condensed），會有緊湊感。字詞「未濃縮」（non-condensed），會有鬆散感，帶累贅現象。例如，unable比not able to緊湊而正式，whatever比no matter what正式，must比have to正式，excessively比too much正式，whereby比by which正式，in which比which…in正式。底下i比ii正式。

(1) i. He was <u>unable</u> to write a correct sentence.

　　 ii. He was <u>not able</u> to write a correct sentence.

(2) i. His tiredness results from getting <u>excessively</u> involved in research.

　　 ii. His tiredness results from getting <u>too much</u> involved in research.

(3) i.  No matter what happens, you <u>must</u> hand in your paper.

    ii.  No matter what happens, you <u>have to</u> hand in your paper.

(4) i.  <u>Whatever</u> comes, we must resist with all our strength.

    ii.  <u>No matter what</u> comes, we must resist with all our strength.

(5) i.  The lady smiled at the gentleman, <u>who</u> returned her a decent bow.

    ii.  The lady smiled at the gentleman, <u>and he</u> returned her a decent bow.

(6) i.  She made a trap <u>whereby</u> she might catch the vampire.

    ii.  She made a trap <u>by which</u> she might catch the vampire.

(7) i.  Italian is a beautiful language <u>in which</u> he likes to sing.

    ii.  Italian is a beautiful language <u>which</u> he likes to sing in.

「濃縮的片語」(i)比「未濃縮的子句」(ii)緊湊，顯得正式，如下：

(8) i.  The foreign student is an artist <u>coming</u> from Iceland.

    ii.  The foreign student is an artist <u>who comes</u> from Iceland.

(9) i.  <u>Seeing</u> a monster coming, Harry knew he had to run for his life at once.

    ii.  <u>As he saw</u> a monster coming, Harry knew he had to run for his life at once.

(10) i.  <u>Were the writing skill</u> something to be acquired in a few days, there would be no importance in such practice.

    ii.  <u>If the writing skill were</u> something to be acquired in a few days, there would be no importance in such practicer.

(11) i. <u>Had there been</u> a knife, she would have plunged it into his breast.

　　ii. <u>If there had been</u> a knife, she would have plunged it into his breast.

(12) i. <u>Weather permitting</u>, they will hike out to the forest tomorrow.

　　ii. <u>If the weather permits</u>, they will hike out to the forest tomorrow.

簡潔、精確而濃縮（condensed & concise），比起未濃縮而累贅多言（non-condensed & redundant），所傳遞的閱讀內容更豐富。根據可讀性（readability），濃縮精簡所興起的想像與旨趣，比較深刻。i比ii正式，如下：

(13) i. The little girl's eyes turned <u>blue</u> with her imagination.

　　ii. The little girl's eyes turned <u>blue in color</u> with her imagination.

(14) i. It is urgent for you to visit Paris for fashion collection <u>now</u>.

　　ii. It is urgent for you to visit Paris for fashion collection <u>at this point of time</u>.

## 6.11　指標八：句子説與寫，越尊重接受者越正式

從文學效果看，句子的說法與寫法，若對接受者保持高度尊重與拘謹禮儀，就是正式。底下有數種表示尊重的方式。

6.11.1 語氣上，委婉語比直接語正式：底下諸例，i比ii正式

(1) i.　The wise man passed away.

　　ii.　The wise man died.

講委婉的話語，通常須用更多字眼，以避開令人不悅的簡短字詞。字詞太短，顯得生硬冷酷，有點衝人。at the moment文縐縐些，right now較為日常口語。雖然口語顯得親切隨意，有時卻容易冒犯對方，見例(2)。委婉語可遮掩、緩和一些唐突的現象，可避免銳利的話鋒，見例(3)。

(2) i.　Your company is in a negative cash flow situation, so you don't have the cash to pay us at the moment.

　　ii.　Your company has no cash to pay us right now.

(3) i.　The US sent a peace-keeping force to Iraq.

　　ii.　The US sent a war-making army to Iraq.

避免使用man代表全人類，以免乎忽略了woman，可能冒犯現代女性，見例(4)。留意性別的兼顧，以免失禮而引發不良反應，見例(5)。此外，若以複數字people, their取代男性單數字the person, his，可省去his/her的麻煩，見例(6)。

(4) i.　Man has not solved the problem of global warming.

　　ii.　Humankind has not solved the problem of global warming.

(5) i.　A good interpreter has to be excellent in his language.

　　ii.　A good interpreter has to be excellent in his/her language.

(6) i.  The person who serves as a tour guide knows his own culture.

ii. People who serve as tour guides know their own culture.

## 6.11.2 表達上，正面句比否定句更正式

假如否定是為了委婉效果，就算正式了。否定句有二種：鬆散粗俗及緊密文雅。原則上，文雅的比粗俗的正式，例(1)。語意上，few等於not...many，然而，few是正面語，not...many是否定語，例(2)。not...any傾向口語，而no比較正式，見例(3)。

(1) i.  The surmise that Mr. Ko has contributed greatly to the company is inappropriate.

ii. The surmise that Mr. Ko has contributed greatly to the company is not correct.

(2) i.  This flu has few useful medicines.

ii. This flu doesn't have many useful medicines.

(3) i.  The research offered no new results.

ii. The research didn't offer any new results.

## 6.11.3 簡潔上，語言不累贅的比累贅的正式

談到簡潔，以口頭禪、家常語來閒散開頭的句子，都不正式。若用在文學作品上，是刻意模仿口語的俗氣感，為了特殊的非正式功效。

(1) i.  It is not necessary for you to explain this project.

ii. To be frank, it is not necessary for you to explain this project.

(2) i. Your presence and absence <u>do not differ</u> in the background atmosphere.

  ii. <u>In terms of</u> the background atmosphere, <u>there is no</u> difference <u>between</u> your presence and your absence.

(3) i. <u>It can snow in April because</u> global warming has changed the weather.

  ii. <u>It is possible for April to snow since</u> global warming has changed the weather.

## 6.11.4 造句上，文雅比通俗更正式

　　句子偏離日常口語而文雅的，比較正式。反映日常口語而通俗的，比較不正式。正式論文的句子，副詞必須與動詞距離相近，但是一般文學句子，喜歡將副詞置於句子起頭或結尾。下例i比ii正式。

(1) i. Nothing valuable is <u>actually</u> saved from the fire of the museum.

  ii. <u>Actually</u>, nothing valuable is saved from the fire of the museum.

(2) i. This messenger was <u>terribly</u> burdened with a secret mission.

  ii. This messenger was burdened with a secret mission <u>terribly</u>.

(3) i. The method can <u>thus</u> be neglected.

  ii. <u>Thus</u> the method can be neglected.

　　副詞若加到「不定詞的動詞」之前，等於把不定詞分裂兩半，見(4iii)、(5ii)、(6ii)，比較不正式。不分裂的，比較正式，見(4i)、(4ii)、(5i)、(6i)。分裂兩半的不定詞句子，近來趨勢，連正式論文也

開始接受不定詞分裂的句子。不分裂的句子，若有副詞，就加在起頭
或結尾。

(4) i.  She learned to control her temper <u>carefully</u>.

    ii.  <u>Carefully</u>, she learned to control her temper.

    iii.She learned to <u>carefully</u> control her temper.

(5) i.  Illness obliged him to leave the school <u>suddenly</u>.

    ii.  Illness obliged him to <u>suddenly</u> leave the school.

(6) i.  The students were warned not to fall behind the schedule
    <u>lazily</u>.

    ii.  The students were warned not to <u>lazily</u> fall behind the sched-
    ule.

## 6.11.5 字詞同層次較正式

句中的字詞屬於同層次，比較正式。若前後字詞的層次混亂，則
不正式。下例，i比ii正式。

(1) i.  Their <u>cooperation</u> is based on the project of intellectual ideas.

    ii.  Their <u>working together</u> is based on the project of intellectual
    ideas.

(2) i.  She <u>married</u> without the knowledge of her parents.

    ii.  She <u>got married</u> without the knowledge of her parents.

(3) i.  When <u>considered</u> in historical perspective, their argument
    lacks support.

    ii.  When <u>thought over</u> in historical perspective, their arguing
    lacks support.

## 6.11.6 結構與節奏 ── 理性比感性正式

　　句子是理性或感性，從用字、句構、節奏可看出。(1i)有一個連接詞and，顯示這句子的理性邏輯。(1ii)只少了and，就顯示發言者偏於情感，比較忽略理性成分，少了邏輯連接法，旨在表現文學藝術。下例，i比ii正式。

> (1) i.　Silently, he saw his wasted years, his dark desires, his shat-
> tered youth dreams, <u>and the emptiness</u> of his heart.
>
> ii.　Silently, he saw his wasted years, his dark desires, his shat-
> tered youth dreams, <u>the emptiness</u> of his heart.

　　下例(2i)，只用一個and，乾淨俐落，理性十足，所以情感外顯很少，全句給人一種邏輯理性的印象。(2ii)卻有許多and，構成了連續性（run-on）表達形式，使句子裡層層疊疊的事例，一連串出現，顯得鬆散。一鬆散，就溢出了感性，文學意味強勁，因爲藉著拖拖拉拉的口語，襯托出了說話者的個性。i比ii正式。

> (2) i.　For this poor old man, there was a time when his life was
> filled with such things as ladies, knights, flowers, fairies, ro-
> mantic visions, hopes of slaughtering the fiercest monsters,
> clean beds, <u>and</u> warm dinners, but a time as such returns no
> more.
>
> ii.　For this poor old man, there was a time when his life was
> filled with such things as ladies <u>and</u> knights <u>and</u> flowers <u>and</u>
> fairies <u>and</u> romantic visions <u>and</u> hopes of slaughtering the

fiercest monsters and clean beds and warm dinners, but a time as such exists no more.

(3i)是鬆散結構，語氣節奏，平穩單調。(3ii)切割四截，是掉尾結構，帶有強烈的文學效果，卻有片語插話式行文，使(3ii)的口語傾向很重，比較不正式。

(3) i. The only goal in a religious mission is spiritual gains by any means of love.

ii. In a religious mission, the only goal is, by any means of love, spiritual gains.

### 6.11.7 句子的修辭形式，正式層級不同

若檢視英文句子的應用書寫，從文體效果，句子可區分鬆散句（a loose sentence）、迂迴句（a periodic sentence）、平衡句（a balanced sentence）。從修辭形式，句子可區分敘述句（declarative sentence）、疑問句（interrogative sentence）、祈使句／命令句（imperative sentence）、驚歎句（exclamatory sentence）。從對話表達，句子可區分直接引句（direct discourse）、間接引句（indirect discourse）（Wishon & Burks 1980: 354）。

敘述句比疑問句、命令句、驚歎句都正式。間接引句，比直接引句更為正式。例i, ii, iii, iv的正式程度，依次下滑。

(1) i. We need to consider how the idea of "Englishes" may be promoted.

ii. What can we do to promote the idea of "Englishes"?

iii. Let's do something to promote the idea of "Englishes."

iv. How necessary it is for us to promote the idea of "Englishes"!

間接引句(2i)、(3i)，有一種客觀冷靜的穩定感。直接引句(2ii)、(3ii)，則呈現活潑的、口語式臨場感。間接的比直接的，更正式。二者的文學效果，各自不同。

(2) i. The survivor recalled that the leader sent away the heavily wounded and they died so that others could escape.

ii. "The leader sent away the heavily wounded," recalled the survivor, "and they died so that others could escape."

(3) i. In discussing *Wuthering Height*, Emily said that for some years the novel and its supposed readers were strangers, after which a lucky turn took place.

ii. "For some years the novel and its supposed readers were strangers," Emily said, discussing *Wuthering Height*. "Then came a lucky turn."

# 第七章　翻譯案例探討

　　本章提出四個翻譯案例，分別是童話、小說、散文、現代詩的翻譯。譯案1是童話翻譯，屬於文學類，譯者須注重作者的語言表現。底下試以本段童話，解說翻譯過程：判斷文本類別、制定翻譯策略、擇取翻譯方法、實際句譯及修辭改稿。

## 7.1 譯案1：童話翻譯的過程分析

### The Seven Foals

There was once a poor man who lived with his wife in a wretched hut deep in the forest, where they barely managed to eke out a meager existence. They had three sons, of whom the youngest was called Cinders, because he was always rummaging round in the ashes.

One day the eldest son said he wanted to go out and find some work. His parents raised no objection, so off he went to seek his fortune. All day long he journeyed, and when darkness was falling, he came to a king's palace. The king happened to be standing on the palace steps, and he called out, "Whither away, my fine young fellow?"

"I'm looking for work," replied the lad.

"Will you work for me and look after my seven foals?" asked the king. "If you watch them closely all day long and can tell me in the evening what they have eaten and what they have drunk, you may marry my daughter the princess. But if you cannot, I will see that you are given three lashes with the whip across your back. How's that for a bargain?"

(A Norway fairy tale. Trans. into English by James Thin.)

"The Seven Foals"定位於文史哲的「文」，偏感性，是虛構的文學作品。再依據解讀的分析架構（見一章1.5），檢視文本與作者、讀者、時空（寫作的歷史時空）、媒介（文本素材）的關係。

　　本文是英譯的挪威童話，原始讀者主要是兒童。中譯的讀者也是兒童。挪威語作者的初始資料，目前不可考。語言上，難度不高。翻譯策略，建議如下：

1. 作者講述窮孩子為國王看馬的故事與對話。
2. 語言簡單，平舖直敘，沒有困難的比喻詞。
3. 譯本行文宜活潑，讓小學程度三、四年級兒童讀者易懂。
4. 文字依繁體現代中文，講求口語流暢。
5. 標點符號以目標發行地台灣所通用者為準[1]。
6. 斷句字數以八字到十字為基礎（可參考兒童報紙、雜誌的斷句習慣。）

---

[1] 台灣的對話引號是方括號「」，大陸的採用美式雙括號" "。

7. 注重「主題—評論」中文句構。

8. 翻譯方法採語意翻譯，由於文本簡單，等於溝通翻譯。

接著，進入翻譯實作。解讀時，從斷句開始。以句子爲單位，切成片語，見例(1)，以斜線切割句內單位，是第一切割，區分句子與子句。如下：

There was once a poor man / who lived with his wife in a wretched hut deep in the forest,/ where they barely managed to eke out a meager existence.

第一切割，使句子分三個斷句，如下（1i、1ii、1iii）：

(1) i. There was once a poor man /

    ii. who lived with his wife in a wretched hut deep in the forest, /

    iii. where they barely managed to eke out a meager existence.

這是複句，有一個主要句子(1i)，二個子句(1ii)、(1iii)。

例(1i)以虛主詞起頭，是"there is"變形句。近似N-LV-N/Adj.，S-V-C的句型。例(1ii)是N-V，S-V句型。例(1iii)是N-V/(S-V)句型。

爲了精讀三斷句，可進一步「第二切割」，即切割片語。如下：

(2) i. There was / once a poor man /

    ii. who lived / with his wife / in a wretched hut / deep in the forest, /

    iii. where they barely managed / to eke out a meager existence.

第二切割，留意「介系詞片語」及「不定詞片語」。本例須看重介系詞"with"、"in"，還有不定詞to。（to有時是介系詞，須分辨。）

第一、二切割，是方便之用，無硬性規則。下一步，是草擬中譯。可採比對方式，把中文直接放在原文下，好像機器翻譯的初步作法。底下提出多種中譯，因翻譯無標準答案。

(3) i.  There was / once a poor man /
　　　　有　　　　　曾經 一個 窮男人
　　　　　　　　　　昔日 一位 貧困
　　　　　　　　　　從前

ii. who lived / with his wife / in a wretched hut / deep in the forest, /
　　他　 住　　 與他的妻子 在一間破敗小屋裡 深處在森林中
　　　　　　　　　 太太　　　一個
　　　　　　　　　 老婆　　　一棟

iii. where they barely managed / to eke out a meager existence.
　　那裡　 他們 僅僅　處理　　 勉強維持一種貧窮的生存
　　在那裡　　 幾乎沒能　　　　度著　　　　　生活

上面(3i)、(3ii)、(3iii)的譯法，是按字面義，譯出單字或片語而已，仍須修改、調整、潤飾，以合乎譯者的自定目標。

接著要考量同義字與美學效果。例(3i) man有多種譯法，可譯：「男人、男子、男性、男生」，有時只譯「人」字。於是poor man可譯：「窮人、窮男人、窮男子、窮男性、窮男生」等。

　　poor可譯「窮」一字，或「貧窮」二字。若採二字譯，poor man可譯爲：「貧窮人、貧窮男人、貧窮男子、貧窮男性」。若強調形容詞poor，則poor man可譯爲：「貧窮的人、貧窮的男人、貧窮的男子、貧窮的男性、貧窮的男生」。這裡「的」用不用，考量點是語言採並列或邏輯式結合。一、二、三的字數差別，涉及節奏與美學。

　　最後把a poor man合譯：「窮人、窮男人、窮男子、窮男性、貧窮人、貧窮男人、貧窮男子、貧窮男性、貧窮的人、貧窮的男人、貧窮的男子、貧窮的男性」。可任擇一。

　　同理，(3ii) wife可譯：「妻子、太太、老婆」。his wife可譯：「他的妻子、他的太太、他的老婆」。或簡譯：「他妻子、他太太、他老婆」。若要粗俗隨便，就用「老婆」，若要文雅或古典感，則用「妻子」。此外，中文習慣my wife可譯「內人、拙荊」，但his wife卻不能譯「他內人、他的內人、他拙荊、他的拙荊」。

　　數量詞「a」，譯法頗多。講人，用「一個、一位」。若尊貴身份，用「一位」。若是普通身份，則用「一個」。講屋子，用「一間、一棟、一座」，不過也要看房屋大小、氣勢、形式。講生活、生存，則用「一種、一樣」。數量詞須與名詞相配，才是好譯。因爲在中文數量詞，並非絕對必需，常可刪。

　　譯文單位無法按照原文字序時，可挪動。見例(4)，「once/從前」可移往句首：

(4) There was / once a poor man /
　　　從前有　　　一個貧窮的人
　　　以前有　　　　個窮人

例(5i)，deep in the forest/在森林深處，可移前。也可根據中文的主題連鎖句子，完全不移動，直接放在「小屋」後：

(5) i.　who lived / with his wife / in a wretched hut / deep in the forest, /

　　　a. 與妻子住在森林深處一間破敗的小屋，

　　　b. 和老婆住在一間破爛小屋子，在森林深處，

　　ii. where they barely managed / to eke out a meager existence.

　　　a. （那裡）他們僅僅 處理　勉強維持一種貧窮的生活

　　　b. 　　　　　　　幾乎是　　勉強過著捉襟見肘的生活

(5ii.a)的「維持」與「貧窮的生活」之間，語言層次不一致，難以搭配，因為沒有人想「維持貧窮」。換句話說，在「維持」後頭，應接續正面語，不接負面表達才妥當。

## 7.2 "The Seven Foals"翻譯須知與改稿

針對這童話，上面已設計翻譯策略（見7.1）。再制定翻譯須知，即翻譯通則（見二章2.1, 2.2）。近年來講求速譯，會有翻譯小組承接工作，多位譯者同時參與。為了讓譯文質感相近、修辭妥貼，更需翻譯須知，共同遵守改稿原則。底下試列一份翻譯須知，針對 "The Seven Foals"提醒譯者，注意某些翻譯細節：

(1) 單位數量詞，須準確使用，例如：「一間、一棟」。「一座」。「一匹、一隻」。「一個、一位」。用到一位或一個時，須考量身份的高低。

(2) 專有名詞或音譯之後，應以括弧註釋並附原文，形式如下：
（譯註：Cinders原意爲灰燼。）。應標明「譯註」。若屬原文的註，則不標示。

(3) 盡量保持口語，以及原文的語言次序（word order, or phrase order）。

(4) 近距離內，避免重複使用同形字詞，保持修辭多樣化。

(5) foal字，依原文區分驢或馬，馬仔或小馬。但不宜違背譯文的口語習慣。

(6) 依主題評論造句，應避免過度重複使用主題topic。

(7) 口語裡「是…的」，應注意「的」字，常可刪。切記重複出現「的」。

(8) 「夜（黑）幕低垂」。注意「幕」或「暮」的錯別字。必要時，可自創字詞。

(9) 「當天黑的時候」。容易誤爲「當天」的語病印象。避免雙向含糊的語意。

(10) deep in the forest：森林深處，若譯成深山，失去森林的意思，略有不妥。必須考量字眼、作者原意、讀者感覺的三方互動關係。若採簡化譯法，只好單用「深山」。

(11) 字典提供的現成字詞，應加以消化才用。例如rummage的字典義，是「翻尋」。若直接採用，總是害譯文不順。須判斷譯文上下文（語境），檢查字眼是否搭配準確。

(12) 「當…時」，若必須刪一字，最好刪前頭的「當」字。

(13) 段落起頭，打字的空格數，中英文不同。

(14) 中文標點符號，必須準確。

## 7.3 童話譯文改稿五例

底下有五位譯者的譯稿，提供比對討論：

(1) There was once a poor man who lived with his wife in a wretch-ed hut deep in the forest, where they barely managed to eke out a meager existence.

    i. 從前有個<u>窮男人</u>和妻子住在森林深處<u>的</u>一間寒酸小屋，勉強<u>維持</u>貧困的生活。

      （<u>窮男人</u>，有諷刺意味，可譯窮人。<u>的</u>，可刪。<u>維持</u>改譯過著。）

    ii. 從前有<u>位</u>窮人與妻子<u>一同</u>住在森林深處<u>一棟</u>破舊不堪的小屋，<u>勉強</u>過著捉襟見肘的貧困生活。

      （<u>位</u>改譯個。<u>一同</u>是贅詞，可刪。<u>一棟</u>改譯一個。<u>勉強</u>是贅詞，可刪。）

    iii.<u>從前從前</u>有個窮人跟妻子住在叢林深處的簡陋小屋，生活<u>困苦</u>捉襟見肘。

      （<u>從前從前</u>，是童話口語。<u>困苦</u>，以逗號區隔後四字，讀成生活困苦。）

    iv. 以前有個窮人和<u>他的</u>妻子，住在森林深處的殘破小屋，<u>過著三餐不繼的日子</u>。

      （<u>他的</u>可刪。依T,-C造句：日子過得三餐不繼 / 三餐不繼的過日子。）

v. 從前，有一個窮人和他的妻子住在森林深處裡一個簡陋的茅屋，在那裡過著僅能褐衣疏食的日子。

（加「，」變化語氣。他的是贅詞，刪。裡是贅字，刪。在那裡是贅詞。「褐衣疏食」四字少見，迫使前後文略顯生硬。）

(2) They had three sons, of whom the youngest was called Cinders, because he was always rummaging round in the ashes.

i. 他們育有三個兒子，其中老么叫做灰燼，因為他總是在灰燼裡四處翻找。

（育字太文言。其中，贅詞，可改。灰燼，宜夾註〔譯註：原名是Cinders。〕）

ii. 他們有三個兒子，年紀最小的叫做煤灰仔，因為他老是在灰燼裡翻滾。

（年紀，贅詞。翻滾，譯的不恰當。）

iii. 他們有三個小孩，最年幼的叫辛德斯（英文意指餘燼），因為他總是在廢墟裡尋找些什麼。

（最年幼的，字詞生硬。須增加「譯註：」在「英文意指餘燼」之前。廢墟，錯譯。些什麼，翻譯焦點不準。）

iv. 他們有三個兒子，老么名叫辛德（灰燼之意），因為他總是在灰燼堆周圍翻東翻西。

（須加「譯註：」。總是，可譯經常。周圍，贅詞。）

v. 他們有三個兒子，排行老么的名叫<u>灰弟</u>，因爲他總愛在煤炭的灰燼裡<u>東尋西覓</u>。

（排行，贅詞。<u>灰弟</u>，後面加夾註「譯註：」。<u>東尋西覓</u>，略顯生硬。）

(3) One day the eldest son said he wanted to go out and find some work.

i. 有一天長子說他想要出去找<u>些</u>工作。

（some在此，並不是指數量。）

ii. <u>一天</u>大兒子說想出去找<u>個</u>工作。

（<u>一天</u>比「有一天」更隨意。「個」比「些」強，或譯「找找工作」。）

iii.有一天大兒子說<u>他</u>想要出去找工作。

（主題<u>他</u>，可刪。中文有連續動詞「說想要」。）

iv. 有一天，大兒子說他想到外面找<u>點</u>事做。

（<u>點</u>，比「個」強。）

v. 有一天，長子說想要出去找<u>份</u>工作。

（<u>份</u>，不如「點」。「份」略正式）

(4) His parents raised no objection, so off he went to seek his fortune.

i. 他的父母並沒有反對，<u>所以</u>他離家追尋成功的機會。

（「就」可取代<u>所以</u>，「就」字較口語。）

ii. 父母沒有反對，他就去<u>尋求自己的命運</u>。

（字面譯，焦點不準。）

iii. 父母都沒反對<u>。</u>他就這樣<u>尋找他的未來</u>。

（不需句號。<u>這樣尋找他的未來</u>，翻譯不準。）

iv. 他父母並不反對，<u>於是</u>他<u>便</u>離家出外闖蕩。

（<u>於是</u>與<u>便</u>，連接詞重覆，二者刪一。）

v. 他的父母親不反對，於是他便出門去<u>碰碰運氣</u>。

（<u>碰碰運氣</u>，疊字比較口語，也可改「碰運氣」。）

(5) All day long he journeyed, and when darkness was falling he came to a king's palace.

i. <u>旅行</u>了一整天，夜色來臨時，他來到<u>國王的宮殿</u>。

（才徒步一天，不宜譯「<u>旅行</u>」。<u>國王的宮殿</u>，字數太多而字面太長，或譯王宮。）

ii. 走了一整天，黑夜降臨時，<u>他</u>來到國王的宮殿。

（<u>他</u>是主題，也是代名詞，可刪。）

iii. 他旅行了一整天，之後天黑了他來到國王的宮殿。

（同i。）

iv. 他走了一整天，黑夜降臨時，他來到皇宮。

（或譯「一整天他走呀走」。他來到皇宮，「他」可刪；或譯「來到了」，加「了」緩和語氣。）

v. 他走了一整天的路，直到天黑時他走到了國王的王宮。

（直到，贅詞刪。或譯「直到天黑」。主題他重覆，可刪。王字重覆，須變換。）

(6) The king happened to be standing on the palace steps, and he called out, "Whither away, my fine young fellow?"

i. 國王恰巧站在宮殿台階上，他喊著：「要到哪裡去，我英俊的小伙子？」

（他字，可刪。或譯「去啊」。英俊的，錯譯。）

ii. 國王正好站在宮殿的階梯並喊道：「離不離開？優秀年輕的小夥子。」

（「喊道」句短，故「梯」後不必並字，用逗號即可。離不離開？優秀年輕的，錯譯。）

iii. 國王現身站在宮殿樓梯上，他喊著：「走開點，我年輕的好侍衛？」

（底線部分，皆錯譯。）

iv. 國王正好站在階梯上，大聲說__，「有事嗎，我優秀年輕的子民？」

（在中文，用逗號較不正式，改用冒號較佳。後半，錯譯。）

v. 國王正好站在王宮的樓階上，他喊道：「你要到哪去啊？英俊的小伙子。」

（底線部分錯譯。「小伙子」可譯爲「好小子」。）

(7) "I'm looking for work," replied the lad.

i. 「我在找工作，」小伙子回答。

ii. 「我在找工作。」小夥子回答。
（用逗號較佳，視覺上，可避免近距離出現兩個句號。）

iii. 「我正在找工作」小夥子回答。
（缺少逗號。）

iv. 「我正在找工作」，年輕人回答。
（逗號應放置引號內。）

v. 「我要去找工作」小伙子回答道。
（缺少逗號。「答道」二字即可。）

(8) "Will you work for me and look after my seven foals?" asked the king.

    i.  「你可以爲我工作，照顧我的七隻小馬嗎？」國王問。
　　　（你可以與嗎字，相距太遠。若改譯「你要不要」，則刪「嗎」。「匹」比隻強。）

    ii.  「你要爲我工作，照顧我的七匹駒嗎？」國王問。
　　　（前者同上。駒字，太文言。）

    iii. 「你願意替我工作照顧我的七匹小馬嗎？」國王問著。
　　　（若改譯「你願不願意」，則刪「嗎」。也可刪你。）

    iv. 「你要爲我工作，照顧我的七匹小馬嗎？」國王問道。
　　　（前者同ii。或譯「照料」。）

    v.  「你願意替我工作照顧我的七匹小馬嗎？」國王問道。
　　　（前者同iii。或譯「照管」。）

(9) "If you watch them closely all day long and can tell me in the evening what they have eaten andwhat they have drunk, you may marry my daughter the princess.

    i.  「要是你整天細心看守他們，而且傍晚時分能告訴我他們吃過什麼、喝過什麼，你也許能娶我的女兒—公主。
　　　（可譯爲「一整天都能緊緊看守它們。」他們，指這些馬

匹。and不譯。傍晚時分，可簡化爲「傍晚時」。也許，
錯譯；改譯「就能」。）

ii. 「如果你仔細看管牠們整天，傍晚告訴我牠們吃了什麼及
　　喝了什麼，你就可以娶我的女兒，也就是公主。
　　（可譯爲「你一整天都仔細看管它們」，「到了傍晚」，
　　「它們」。「及」可刪。）

iii. 「如果你整天貼身照顧而且夜晚時，可以告訴我牠們吃了
　　什麼和喝了什麼，你也許可以娶公主，我的女兒。」
　　（照顧缺受詞，而且是and拙譯。刪「和」，改爲逗號。
　　也許，錯譯。）

iv. 「如果你可以全天候仔細看守它們，傍晚時告訴我它們吃
　　了什麼、喝了什麼，那麼你就可以娶我的公主女兒。
　　（全天候，不妥當的通俗口語。告訴我，或譯「讓我知
　　道」。那麼，贅詞刪。）

v. 「如果你全天仔細照料牠們並且能告訴我牠們晚上吃了什
　　麼、喝了什麼，你便能娶我的女兒公主爲妻。
　　（前半句的底線部分，譯法同上。晚上吃了什麼，錯譯。
　　爲妻呼應娶，是合理的增譯。）

(10) But if you cannot, I will see that you are given three lashes
　　with the whip across your back. How's that for a bargain?"

i. 但<u>若是</u>你做不到的話，我保證你會<u>受到用鞭子</u>抽打你的背部三下。這個<u>交易</u>如何？」

（可譯：若是你、要是你、你若是。<u>受到用鞭子</u>，不通順。<u>交易</u>，可譯「約定」。）

ii. 但<u>假設</u>你做不到，我<u>將</u> <u>看到</u>鞭子三次抽過你的背。這<u>交易</u>如何？」

（<u>假設</u>，偏邏輯理性的字眼。<u>將</u>，錯譯，這個will指心意，不是未來時間。<u>看到</u>，錯譯，因為這see是指注意。<u>交易</u>同上i。）

iii.但如果你不能，我就會<u>賞你的背部三鞭</u>。這協議如何？」

（改譯，在你背部抽上三鞭、在你背上抽三鞭、抽個三鞭在你背上。）

iv. 但如果你沒做到，那麼我會<u>看著</u>你的<u>背上被</u>抽三鞭。這個<u>交易</u>如何？」

（<u>看著</u>，錯譯。<u>被</u>是贅字，刪。<u>交易</u>，弱譯。）

v. <u>但是如果</u>你做不到，我要在你的<u>背上看到三條鞭子抽打</u>的鞭痕。你<u>覺得</u>這個協議如何？」

（<u>但是如果</u>，字數太多。<u>看到三條鞭子抽打</u>的鞭痕，錯譯，字數也太多。<u>你覺得</u>，是冗詞，刪，且國王對百姓不會如此客氣。）

## 7.4 譯案2：小說譯文的改稿

I have just returned from a visit to my landlord -- the solitary neighbour that I shall be troubled with. This is certainly a beautiful country! In all England, I do not believe that I could have fixed on a situation so completely removed from the stir of society. A perfect misanthropist's heaven: and Mr. Heathcliff and I are such a suitable pair to divide the desolation between us. A capital fellow! He little imagined how my heart warmed towards him when I beheld his black eyes withdraw so suspiciously under their brows, as I rode up, and when his fingers sheltered themselves, with a jealous resolution, still further in his waistcoat, as I announced my name.

"Mr. Heathcliff?" I said.

A nod was the answer.

（from *WUTHERING HEIGHTS*, Ch.1）

(1) I have just returned / from a visit to my landlord -- / the solitary neighbour / that I shall be troubled with.

 i. 我剛拜訪房東回來——就是<u>那個</u>即將帶給我大麻煩的<u>獨住</u>鄰居。

  （冠詞與數字詞<u>那個</u>，可移到「獨住鄰居」前面。冠詞不要離名詞太遠。<u>獨住</u>，另譯：孤僻或孤獨。）

 ii. 我<u>剛剛</u>拜訪我房東回來——那個將給我惹麻煩的<u>唯一</u>鄰居。

  （疊字<u>剛剛</u>偏於口語，有敘述感。<u>唯一</u>，錯譯。）

iii.我<u>才拜訪過</u>房東回來，　一個　<u>料想會</u>使我<u>煩惱上身</u>的孤僻鄰居。

（<u>才拜訪過</u>，是靈活口語。中文逗號，無法取代英文破折號，所以造成前後句不相接。<u>一個</u>是數量詞，不宜離名詞太遠。<u>料想會</u>，是增字的意譯。<u>煩惱</u>本在身心裡，與<u>上身</u>不相接。）

iv. 我剛拜訪房東回來。就是會給我帶來麻煩的孤獨鄰居。

（破折號改爲句號，不妥。）

v. 我剛從房東那回來，　帶給我麻煩的孤獨鄰居。

（同上iv。<u>帶給我</u>，缺少未來或不久的意義。）

(2) This / is certainly / a beautiful country!

i. 這裡眞是美麗的鄉村！

ii. 這眞是美麗的鄉村！

iii.這兒的確是<u>一個</u>美麗的鄉間！

（數量詞<u>一個</u>，可刪。）

iv. 這的確是<u>個</u>秀麗的鄉村！

（數量詞<u>個</u>，可刪。）

v. 這真是個美麗的鄉村。

（數量詞<u>個</u>，可刪。）

(3) In all England, / I do not believe / that I could have fixed on a situation / so completely removed / from the stir of society.

i. 全英格蘭<u>裡</u>，我不相信竟然還能<u>找到</u>一個<u>完全</u>遠離世俗塵囂的地方。

（<u>裡</u>，或譯「內」。<u>找到</u>，錯譯，因為fixed on指凝視。so 未譯。）

ii. 全英格蘭，我不相信<u>我</u>能<u>找到</u>像這樣完全與世隔絕的地方。

（<u>我</u>，可刪。<u>找到</u>，或譯：「見得到」。）

iii.全英格蘭境內，我<u>不敢相信</u> 自己還能找到這樣<u>完全隔絕都市喧擾</u>的地方。

（多達六字以強調原文片語。<u>不敢</u>比「不」更顯道地口語，因為這是感性語，不是理性語。<u>找到</u>，錯譯。或譯：與都市喧擾完全隔絕。）

iv. <u>整個</u>英格蘭<u>裡</u>，我不相信我<u>能找到</u>這樣一個完全遠離<u>社會喧鬧紛雜</u>的地方。

（<u>整個</u>不如「全」字。<u>裡</u>，可刪。<u>能找到</u>，錯譯。<u>社會喧鬧紛雜</u>，最好精簡為四字。）

v. 在全<u>英國</u>，<u>不可置信</u>我<u>可以找到</u>完全與混亂的社會隔絕的一個地方。

　　（須查證，<u>英國</u>/England是否單指英格蘭，不指蘇格蘭、威爾斯等。<u>不可置信</u>，錯譯。<u>可以找到</u>，另譯：能、能夠找得到。）

(4) A perfect misanthropist's heaven: / and Mr. Heathcliff and I / are such a suitable pair / to divide the desolation / between us.

i. 憤世嫉俗者的理想天堂　<u>，</u>而海斯克里夫先生和我是<u>共享</u>孤寂的<u>天生一對</u>。

　　（本譯句，須注意能否接到上句尾。「<u>，</u>」須保持原標點「：」，若要更改，建議用「！」。divide是瓜分，不是<u>共享</u>。<u>天生一對</u>，中譯有情侶暗示，原文並無此義。）

ii. <u>一個</u>厭世者的夢想天堂：希茲克利夫先生和我正是<u>分享</u>這兒荒涼景物非常契合的一對。

　　（<u>一個</u>，是指人或天堂？容易混淆。譯成「夢想」會失焦。<u>分享</u>，有語病，不宜有聯合感，瓜分較佳。）

iii. <u>一個</u>厭世者的<u>一個天堂</u>。希斯克里夫先生與我是最適合<u>各自享受</u>這荒蕪景色的一對。

　　（<u>一個</u>，同上。<u>一個天堂</u>，此譯失焦。標點「<u>。</u>」處理法同上i。<u>各自享受</u>，此譯失焦。）

iv. 一個厭世者的完美天堂，而希斯克利夫先生和我是多麼契
合的一對，分享這裡的荒蕪。

（標點處理，同上i。）

v. 一個專爲厭世者打造的天堂。而希厲斯克夫先生和我是如
此適合分享荒涼的一對。

（專爲、打造的，都是主觀意譯，過度詮釋。同上iv。標
點「。」同上i。如此適合分享荒涼的一對，是錯誤的情侶
暗示。）

(5) A capital fellow! / He little imagined / how my heart warmed
towards him / when I beheld his black eyes / withdraw so sus-
piciously / under their brows, / as I rode up, / and when his
fingers / sheltered themselves, with a jealous resolution, / still
further in his waistcoat, / as I announced my name.）

i. 一個很妙的傢伙！他未察覺到我心裡對他產生莫名的親切
感，就在看到他黑溜溜的眼睛 懷疑的縮在眉毛下時。我往
前騎過去，他把手藏在背心口袋裡，一副完全不信任我的
樣子。我報上自己的名字時，他把手藏的更深了。

（「未察覺」是全盤否定，但little imagined是很少而已。
黑溜溜的眼睛，譯的靈活，但動態感與喜感過強，不甚貼
合主角個性。懷疑的，比較是猜疑、不信任，而非懷疑。
"。"宜用逗號。往前騎過去，或譯：騎上前去。手，可譯
「十指」，原文用fingers而非hands。背心口袋，原文指
西服背心，並非口袋。一副完全不信任我的樣子，原文是

with a jealous resolution，應是描述sheltered的感覺。自己的，可刪。他把手藏的更深了，原文是still further in his waistcoat，應該接到themselves。）

ii. 絕妙的同伴！他<u>根本沒</u>察覺<u>我對他是怎樣的親切</u>，我騎馬<u>走</u>上前，看見他的黑眼睛縮在眉毛下<u>猜忌地</u><u>瞅著我</u>。而我報上<u>自己</u>姓名時，他把放背心裡的<u>手藏</u>得更深，<u>完全一副不信我的堅定</u>。

（<u>根本沒</u>，可譯「幾乎沒」。<u>我對他是怎樣的親切</u>，錯譯。<u>走</u>，贅字刪。<u>猜忌地</u>，「so」未譯，「地」或「的」皆可，中文副詞並不需要「地」。<u>瞅著我</u>，是增加之譯。<u>自己</u>，可刪。<u>手藏</u>，雙手或十指。精細譯作「貼藏」。<u>完全一副不信我的堅定</u>，此譯失準，有語病，是「『不信任我的』那種堅定」或「『不信任』我本人的堅定」？）

iii.一個妙極的傢伙！他很難想像<u>到</u> <u>我的心裡</u>已對他起了好感。我騎馬上前時，看見他縮在眉毛下<u>充滿猜忌的</u>黑色眼珠子<u>盯著我瞧</u> ；我報上姓名時，他<u>藏</u>在背心口袋的手指<u>則是</u>越藏越深，一副戒慎<u>恐懼</u>的模樣。

（<u>到</u>，可刪。<u>我的心裡</u>，或譯我的心、我心裡。「好感。」原文一氣呵成，譯文不宜用句號中斷。<u>充滿猜忌的</u>，把so改譯「充滿」；或譯「是那麼睥睨猜疑」。<u>盯著我瞧</u>，是增譯。「盯著我瞧；」分號本是分隔、又相連的標點，可以採用。<u>藏</u>，必要時，二字比一字更為強調，如貼藏、暗藏、存藏、伏藏；若改二字，則「在」可刪。<u>則是</u>，譯者的詮釋字詞。<u>恐懼</u>，不是「恐懼」，而是「疑心」，是嫉妒型戒慎。）

iv. 真是個絕妙的<u>人</u>啊！<u>當</u>我騎馬上前，見他<u>那</u>雙眉下的瞳孔，<u>懷疑的</u>看我，而我報上<u>名</u>時，<u>他把手指一直的往背心裡鑽</u>，<u>謹慎戒懼的堅定</u>。就在那時，<u>我對他</u>產生了親切之感，<u>只是他毫不知道</u>。

（<u>人</u>啊，原文 fellow 是口語的「男人」或「傢伙」。<u>當</u>字可避則避，刪之。<u>那</u>，贅字刪。<u>瞳孔，</u>中文標點是依語氣而定，不似英文標點，是依邏輯格式。<u>懷疑的</u>，錯譯。<u>名</u>，一字單薄，二字比較搶眼，可譯為「姓名」、「名字」。<u>他把手指一直的往背心裡鑽</u>，意譯。<u>謹慎戒懼的堅定</u>，是嫉妒型剛毅。<u>我對他</u>，「how」未譯，可譯作「何等的」；"my heart" 應是「我心」。<u>只是他毫不知道</u>，意譯，且原文語序位置大挪移。）

(6) "Mr. Heathcliff?" I said.

A nod was the answer.

i. 「海斯克里夫先生嗎？」我<u>問道</u>。

他<u>點了點頭</u>回應。

（"said" 可依中文習慣譯為「問道」。<u>點了點頭</u>的動作比 "a nod" 多了，顯得溫文。原文旨在強調主角的冷漠個性。）

ii. "希茲克利夫先生嗎？"我問。

<u>點點頭</u>算是回答。

（對話的引號格式，須按不同區域的標點習慣處理。台灣使用方引號，大陸的與英文引號相同。<u>點點頭</u>，有親切感，不像原文那麼冷漠。）

iii.「希斯克里夫先生嗎？」我說道。

他點頭<u>表示</u>。

（可譯，回禮或示意。<u>表示</u>通常會有受詞。）

iv.「希斯克利夫先生嗎？」我問道。

<u>回應我只是點一點頭</u>。

（<u>回應我</u>，有語病，不易分辨是「回應我」或「回應，我只是點一點頭」？後者是T,-C句法，但粗糙。<u>點一點頭</u>，也有同樣語病。）

## 7.5 譯案3：散文翻譯的改稿

　　從十九歲到三十三歲，我在新疆沙漠裡生活了十四年。當我走出沙漠、走進城市，又走到海邊的時候，我的眼前始終擺脫不掉那無邊無際的蒼黃：沙，仍舊是沙，還是沙，永遠是沙……我知道，我往後的生命，往後的創作，都將永遠離不開那漫漫黃沙了。

（摘自短文：〈我撿起一粒沙〉）

(1) 從十九歲到三十三歲，我在新疆沙漠裡生活了十四年。

i. From 19 to 33 years old, I have lived in <u>Shinjang</u> <u>desert</u>

　　　　　　　　　　　　　　　　　a　　　b

<u>for fourteen years</u>.

　　　c

（須選擇拼音系統，漢語拼音是Xinjiang，羅馬拼音是Hsinchiang。desert，原文指在新疆的沙漠，不是名為「新

疆」的沙漠。中國十大沙漠，新疆有三個，各有名稱，都不叫新疆沙漠。可譯為in the deserts of Xinjiang, 或in the desert regions of Xinjiang. for fourteen years可移前，置於old後。）

ii. I have lived in <u>Shinjang</u> desert <u>for fourteen years from 19 years old to 33</u>.

（<u>Shinjang</u> 同上〔1i〕。中文的兩段時間片語，分別放置句頭與句尾，而英譯可集中句尾，這就全憑譯者翻譯策略所自定的文體、美學、修辭等。集中句尾的，似乎有擁擠、急促感，閱讀效果較不出色。）

iii. From <u>nineteen</u> years old to <u>thiry-three</u>, I have lived in the desert of Xinjiang for <u>fourteen</u> years.

（數字皆採用英文字，筆譯上，比阿拉伯數字正式。二擇一，可依據翻譯目的而定。）

iv. I have lived in the desert of Xinjiang for fourteen years from 19 years old to 33.

（或譯From 19 years old to 33, for fourteen years, I have...）

v. <u>Since age nineteen</u>, I have lived in the desert of <u>Shinjiang</u> for fourteen years.

（維持中文句構的重點，縮減片語。<u>Shinjiang</u> 弱點同上。）

(2) 當我走出沙漠、走進城市，又走到海邊的時候，我的眼前始終擺脫不掉那無邊無際的蒼黃：沙，仍舊是沙，還是沙，永遠是沙……我知道，我往後的生命，往後的創作，都將永遠離不開那漫漫黃沙了。

i. When I walked out the desert, walked into cities, and walked to the beach, I couldn't ever free myself from the boundless greenish yellow: sand, sand, still sand, and endless sand... I know that my later life and creation will be bound with the interminable sand perpetually.

（When或譯as。walked可用其他近似的動詞，如travel, move；用動態的was walking較好。out改為out of較佳。walk out 與walk out of意思不同。I couldn't ever 改成 I could never或倒裝句never could I。蒼黃的蒼字，偏向灰茫茫而非綠色，改pale or gray較佳。冒號「：」，亦可改為破折號「──」。指具體沙漠時，須用the sand或the sands；若指抽象觀念的沙，則單一字sand即可；本句混合了描述與抒情，沙，既指具體沙漠，又指觀念的沙。英文標點的「...」有三小點，指刪去後部，而「....」有四小點，指刪去後部並加上句點，本句須用後者。later用法欠妥，或譯the rest of my life, my future creation等。will be bound with 原文是否定式，指逃不掉；英譯be bound with 是正面的綁在一起，其掙脫式動態感不足。）

ii. When I am walking out of the desert, walking into the city and the shore, there is an unlimited dark yellow before my eyes: sand. It is sand, still sand, and always sand. I have come to realize that, my life and my works will stay in the boundless yellow sand forever.

（am，敘事時慣用過去式was。into接不上the shore，須另用towards來接the shore；中文以「走」起頭而寫「走出、走進、走到」三個不同的動作，譯文可用不同的英字處理，例如：walking out of the desert, stepping into the city, arriving at the beach。there is 改there was。「始終」、「擺脫不掉」漏譯。動詞的動態，被簡化爲正面語。unlimited dark yellow 譯爲an vast of expanse of pale yellow；「蒼」在此不是dark，同上。before my eyes可移前，放置there前。既呼應原文的字序，又讓分號與「沙」立即相接。It is sand…譯文另起一句，並不破壞原意；亦可連續用and造成口語感，"It is sand and sand and sand and always sand."或譯"It is sand, sand, sand, and always sand."或譯"It is sand, again sand, still sand, and always sand." that, my life 不應加逗號。works此字並未表示創作。 離不開是否定式，stay是正面的駐留，兩者情勢不同。）

iii. Walking out of the desert, walking in the city, and walking to the seaside, I couldn't get rid of the boundless and sallow-sands, still sands, sands, and sands…. I knew that the rest of my life and creation could not leave the boundless endless (yellow) sands forever.

（Walking改爲As I was walking較通順。walking in須改爲into。couldn't 改could never。標點錯誤，應爲"the boundless and sallow sands"或"the boundless sallow sands" 或"the boundless, sallow sands"。此部分修改後，可用破折號「——」或冒號「：」。結尾之刪節號，應該是三點，再加一個句點，共四點"...."。f/the rest of不能接上creation，或可改爲the future creation of mine；譯文較難保留重覆的「往後」。leave與主詞 "the rest of my life and the future creation of mine" 不搭配。連用尾音節相同的兩個形容詞boundless與endless，效果不佳。譯文不應出現（yellow）此括號式，不可叫讀者自己選擇字眼。forever是錯譯，可改爲never，放在could後。）

## 7.6 譯案4：現代詩的翻譯

翻譯現代詩，有簡略步驟，以簡政珍〈四點鐘的約會〉爲例。原詩如下：

### 四點鐘的約會　　　　　簡政珍

四點鐘的時候
妳將撥弄這一條街道的風沙
妳將加速交通號誌的閃爍
妳將抖落
我們心中累積的微塵

四點鐘的時候
妳將戴著遮蔽時間的面具

讓我看不到快速移動的日影
讓我逐漸老花的視野裡
看到妳春光乍現的
幾根白髮

(1) 步驟一：加上標點，整合跨行句，找出「主題—評論」的句
　　子單位。辨認：一、單、雙、多主題句；二、簡句或複句；
　　三、主題連鎖句。解析如下：

四點鐘的時候〔，〕
$T^1$,

妳—將撥弄這一條街道的風沙〔；〕
$T^2$,-$C^1$

妳—將加速交通號誌的閃爍〔；〕
$T^2$,-$C^2$

妳—將抖落／我們心中累積的微塵〔。〕
$T^2$,-$C^3$

四點鐘的時候〔，〕
$T^1$,

妳—將戴著遮蔽時間的面具〔，〕
$T^2$,-$C^1$

—讓我看不到快速移動的日影〔；〕
-C²

—讓我逐漸老花的視野裡/看到妳春光乍現的/幾根白髮
-C³

(2) 步驟二：確定句中的主詞、動詞、受詞等，辨認本句與英文句相應的基本句型。把名詞前的修飾語（可能是形容詞、形容詞片語、形容詞子句）用括弧標明，備用。把動詞前面的助動詞（或副詞）用括弧標明，備用。如下：

四點鐘的時候〔，〕
妳（將）撥弄（這一條街道的）風沙〔；〕
S　　　　-V　　　　　　　　　　-O

妳（將）加速（交通號誌的）閃爍〔；〕
S　　　　-V　　　　　　　　-O

妳（將）抖落／（我們心中累積的）微塵〔。〕
S　　　　-V　　　　　　　　　　-O

四點鐘的時候〔，〕

妳（將）戴著（遮蔽時間的）面具〔，〕
S　　　-V　　　　　　　　　-O

／讓我看不到（快速移動的）日影〔；〕
   so that S-V                -O

讓我（逐漸老花的視野裡）
S
／看到（妳春光乍現的／幾根）白髮
  -V                       -O

(3) 步驟三：依句型，比對，分行譯出，以直譯爲主，盡量保留原詩的意象、節奏、音韻。譯者也可依個人創意或自己的譯詩策略，決定整體形式，詮譯詩內的感覺而譯。筆者試譯如下：

## 四點鐘的約會（作者：簡政珍）
A Date at Four O'clock

四點鐘的時候
At four o'clock
妳將撥弄這一條街道的風沙
you'll provoke the wind and sand of this street;
妳將加速交通號誌的閃爍
you'll quicken the flashes of the traffic signs;
妳將抖落
you'll shake off
我們心中累積的微塵
the accumulated minute dust in our hearts.

四點鐘的時候

At four o'clock

妳將戴著遮蔽時間的面具

you'll wear the mask that covers up time

讓我看不到快速移動的日影

so that I see not the quick moving sun shades,

讓我逐漸老花的視野裡

so that, bit by bit, in my aging sight

看到妳春光乍現的

see on you, of a flashy spring light,

*(on you I see a few white hairs)*

幾根白髮

the few white hairs.

*(flashing like the spring.)*

　　最後二行有兩種建議譯法，一種維持原詩的分行與字序，另一種（斜體字標示）仿效一般語言韻律與意義，並不嚴格配合原詩分行與字序。這是詩人自己偏愛的譯法。

(4) 步驟四：重讀草稿，比對原文，反覆修改譯文，終於定稿。

# 參考書目

## 英文部分

1. Baker, M. (1992/2011). *In Other Words: A Course on Translation*. London & New York: Routledge.

2. Baker, M. (ed.) (1998/2001). *Routledge Encyclopedia of Translation Studies*. London & New York: Routledge.

3. Benjamin, Walter. (1969/2004). "The task of the translator," (pp. 75-85). Trans. by Harry Zohn. In Venuti, L. (ed.) (2004). *The Translation Studies Reader* (2nd ed.). New York & London: Routledge.

4. Bergmann, A., Hall, K. C., & Ross. S. M. (eds.) (2007). *Language Files: Materials for an Introduction to Language and Linguistics* (10th ed.)(p. 221). Taipei: Bookman Books.

5. Berman, A. (1985/2012). "La traduction comme épreuve de l'étranger", Texte 4 (1985): 67-81. Trans. by L. Venuti as "Translation and the trials of the foreign" (pp.240-253). In L. Venuti (ed.) (2012). *The Translation Studies Reader* (3rd ed.). London & New York: Routledge.

6. Buhler, K. (1934/65). *Sprachtheorie: Die Darstellungsfunktion der Sprache*. Stuttgart: Gustav Fischer.

7. Catford, J. C. (1965/2000). *A Linguistic Theory of Translation*. London: Oxford University Press.

8. Close, R. A. (1982). *A Reference Grammar for Students of English*. Essex, England: Longman.

9. Davis, K. (2001). *Deconstruction and Translation*. Manchester, UK

& Northampton, MA: St. Jerome Publishing.

10. Delisle, J. (1982, 2<sup>nd</sup> ed.). *L'analyse du discours comme méthode de traduction*. Ottawa: University of Ottawa Press, Part I, trans. by P. Logan & M. Creery (1988) as *Translation: An Interpretive Approach*. Ottawa: University of Ottawa Press, p.98.

11. Derrida, J. (1967/1980). "La structure, le signe et le jeu dans le discours des sciences humaines". In Bass, A. (trans.)(1980). *Writing and Difference*. Chicago: University Chicago Press.

12. Dryden, J. (1680/1697/1992). "Metaphrase, paraphrase and imitation", Extracts of "Preface to Ovid's Epistles" (1680), and "Dedication of the Aeneis" (1697). In R. Schulte and J. Biguenet (eds) (1992), pp. 17-31.

13. Even-Zohar, I. (1978/2012). "The position of translated literature within the literary polysystem" (pp. 162-167). In Venuti, L. (ed.) (2012). *The Translation Studies Reader* (3<sup>rd</sup> ed.). London & New York: Routledge.

14. Even-Zohar, I.(2005) "Polysystem theory revised" (pp. 38-49).
In Even-Zohar, I. (ed.) *Papers in Culture Research*.
http://www.tau.ac.il/~itamarez/works/books/EZ-CR-2005. pdf

15. Fenollosa, E. (1919/1969). *The Chinese Written Character as a Medium for Poetry* (1969). Ed. by Ezra Pound. San Francisco: City Lights Books.

16. Fowler, H. R. & Aaron, J. E. (1995). *The Little, Brown Handbook* (6ed.). New York: Harper Collins College Publishers.

17. Halliday, M.A.K. (2001). "Towards a theory of good translation,"(pp. 13-18). In Steiner, E. & Yallop, C. (eds.) (2001).

*Exploring Translation and Multilingual Text Production: Beyond Content.* Berlin & New York: Mouton de Gruyter.

18. --- (2014). *Halliday's Introduction to Functional Grammar.* (4<sup>th</sup> ed.). Revised by Christian M.I.M. Matthiessen. London & New York: Routledge.

19. Harris, Brians. (2009, Dec. 16). "Translation Studies or Transla-tology?" Rerieved from http://unprofessionaltranslation.blogspot. tw/2009/12/translation-studies-or-translat ology.html

20. Hatim, B. & Mason, I. (1990). *Discourse and the Translator.* London & New York: Longman.

21. Hermans, T. (ed.) (1985). *The Manipulation of Literature: Studies in Literary Translation* (pp.10-11). Beckenham: Croom Helm.

22. Holz-Mänttäri, J. (1984). *Translatorisches Handeln: Theorie und Methode.* Helsinki: Suomalainen Tiedeakatemia.

23. House, J. (1977). *Translation Quality Assessment: A Model Revisited.* Tübingen: Gunter Narr, pp.101-4.

24. Huang, P. P. (1989) *"On the Translation of Chinese Poetry"* (pp. 84-97). In Warren, R. (ed.) (1989) *The Art of Translation: Voices from the Field.* Boston: Northeastern University Press.

25. Jakobson, R. (1959/2012). "On linguistic aspects of translation" (pp. 126-132). In L. Venuti, L. (ed.) (2012). *The Translation Studies Reader.* London & New York: Routledge.

26. Jakobson, R. (1960). "Closing statement: linguistics and poetics" (pp. 351-377). In Seboek, T. (ed.) (1960). *Style in Language.* Cambridge, MA: MIT Press.

27. Jerome, E. H. (St Jerome)(395CE/1997). "De optime genere inter-

pretandi" (Letter 101, to Pammachius). In *Epistolae D. Hieronymi Stridoniensis*. Rome: Aldi F., (1565), pp. 285-291. Trans. by P. Carroll as "On the best kind of translator" (pp.22-30). In Robinson, D. (ed.) (1997). *Western Translation Theory from Herodotus to Nietzsche*. Manchester: St Jerome.

28. Kasparek, C. (1983). "The translator's endless toil (book reviews".) *The Polish Review* (Polish Institute of Arts and Sciences of America). XXVIII (2): 83-87. JSTOR 25777966. Includes a discussion of European-language cognates of the term of " translation".

29. Lederer, M. (1994). *La traduction aujourd'hui: le modéle interprétatif.* Paris: Hachette. Trans. by Ninon Larché (2003) as *Translation: The Interpretive Model*. Manchester: St Jerome.

30. Lefevere, A. (1992). *Translation, Rewriting and the Manipulation of Literary Fame*. London & New York: Routledge.

31. Leech, G., & Svartvik, J. (1992). *A Communicative Grammar of English*. Essex, England: Longman.

32. Li, C. N., & Thompson, S. A. (1981). *Mandarin Chinese: A Functional Reference Grammar*. Berkeley, Los Angeles, & London: University California Press, pp.85-91.

33. Lewis, P. E. (1985/2012). "The measure of translation effects" (pp.220-239). In Venuti, L. (ed.) (2012). *The Translation Studies Reader* (3rd ed.). London & New York: Routledge.

34. Munday, J. (ed.) (2012) *Introducing Translation Studies: Theories and Applications* (3rd ed.). London & New York: Routledge.

35. Newmark, P. (1998). *A Text of Translation*. New York: Prentice Hall Europe.

36. Nida, E. A. (1964). *Toward a Science of Translating*. Leiden: E. J. Brill.

37. Nida, E. A. & Taber, C. R. (1969/2003) *The Theory and Practice of Translation*. Leiden: E.J. Brill.

38. Niranjana, T. (1992). *Siting Translation: History, Post-Structuralism, and the Colonial Context* (pp. 163-186). Berkelety, CA: University of California Press.

39. Nord, C. (1997). *Translating as a Purposeful Activity: Functionalist Approaches Explained*. Manchester: St Jerome, pp. 109-22; Schäffner, C. (ed.) (1998). "Skopos theory", in Baker & K. malmkjaer (eds.) (1998), *The Routledge Encyclopedia of Translation Studies*, 1st ed., London & New York: Routledge, pp.235-238.

40. Quirk, R., Greenbaum, S., Leech, G., & Svartvik, J. (1978, revised). *A Grammar of Contemporary English*. Hong Kong: Longman.

41. Reiss, K. (1977/1989). "Text types, translation types and translation assessment"(pp. 105-115). Trans. by A. Chesterman. In Chesterman, A. (ed.) (1989).

42. Reiss, K. & H. J. Vermeer. (1984). *Grundlegung einer allgemeinen Translationstheorie*. Tübingen: Niemeyer, p. 119; Munday, J. (ed.) (2012) *Introducing Translation Studies* (3rd ed., pp.122-123). London & New York: Routledge.

43. Schleiermacher, F. (1813/2012). "On the different methods of translating", trans. by S. Bernofsky. In L. Venuti (ed.) (2012). *The Translation Studies Reader* (3rd ed.). London & New York: Routledge , pp. 43-63.

44. Simon, S. (1996). *Gender in Translation: Cultural Identity and the Politics of Transmission* (pp. 1-7). London & New York: Routledge.

45. Sircello, G. (1989/2014). *Love and beauty*. Princeton, New Jersey: Princeton Legacy Library.

46. Snell-Hornby, M. (1988/1995). *Translation Studies: An Integrated Approach.* (Revised). Amsterdam and Philadelphia. PA: John Benjamins.

47. Spivak, E. C. (1993/2012). "The politics of translation". In L. Venuti (ed.) (2012). *The Translation Studies Reader* (3$^{rd}$ ed., pp. 312-330). London & New York: Routledge.

48. Steiner, G. (1975/1998). *After Babel: Aspects of Language and Translation* (3$^{rd}$ ed.) (pp. 312-319). Oxford & New York: Oxford University Press.

49. Toury, G. (1995). *Descriptive Translation Studies—and Beyond.* Amsterdam & Philadelphia, PA: John Benjamins.

50. Tsao, F. (曹逢甫). (1990). *Sentence and Clause Structure in Chinese: A Functional Perspective.* Taipei: Student Book, pp. 53-65.

51. Turner, J. A. (唐安石). (trans.). (1976/1979). *A Golden Treasury of Chinese Poetry: 121 Classical Poems* (中詩英譯金庫). Taipei: Linking Publishing, p. 97.

52. Tytler, A. F. (1797). *Essay on the Principles of Translation.* Edinburgh: Cadell and Davies. Extracted in D. Robinson (ed.), (1997), pp.208-212.

53. Venuti, L. (ed.) (1995/2008). *The Translator's Invisibility: A History of Translation.* London & New York: Routledge.

54. Vinay, J. P., & Darbelnet, J. (1958/1995). *Comparative Stylistics of French and English: A Methodology for Translation* (pp. 128-137) . Trans. & ed. by J. C. Sager & M.-J. Hamel, Amsterdam & Philadelphia: John Benjamins. Original French published 1958 as *Stylistique comparée du français et de l'anglais; Méthode de traduction,* Paris: Didier. In Venuti, L. (ed.) (2004), "A methodology for translation".

55. White, E. B. (1952). *Charlotte's Web*. New York: Scholastic Inc.

56. Wishon, G. E., & Burks, J. M. (1980). *Let's Write English* (revised ed.). New York: American Book Company.

57. Iser, W. (1991). "Passive Syntheses in the Reading Process" (pp. 135-162). *The Act of Reading: A Theory of Aesthetic Response.* Baltimore & London: The Johns Hopkins University Press.

58. White, E. B. (1952). *Charlotte's Web*. New York: Scholastic Inc.

59. Xu, Y., Loh, B., & Wu, J. (eds.). (1987/1998). *300 Tang Poems: A New Translation*. Taipei: Bookman Books.

60. Yip, W. (葉維廉). (ed. & trans.). (1976). *Chinese Poetry: Major Modes and Genres*. Berkeley, Los Angeles, & London: University of California Press.

## 中文部分

1. 梁望惠。〈掩面 vs 轉臉〉。（2015 Nov 28)。取自http://www.biblesociety-tw.org/bmag/bmag23/facecoverturrn.htm.

2. 湯廷池（1984)。〈英語的風格與體裁〉（頁321-374)。錄於《英語語法修辭十二講：從傳統到現代》。台北：臺灣學生書局，頁327。

3. 曾珍珍譯（2007)。《最藍的眼睛》（*The Bluest Eye*）。童妮摩里森著（Toni Morrison）。台北：臺灣商務印書館。

4. 孔慧怡（2002）。〈重寫翻譯史〉，《二十一世紀》網絡版，（2002, 7）第四期。

5. 黃邦傑（1993）。〈中國翻譯簡史〉。載於劉靖之編，《翻譯工作者手冊》。頁80-81。

6. 胡適（2013）。《白話文學史》。第九章，〈佛教的翻譯文學〉。

7. 陳定安編著（1992）。《翻譯精要》。台北：臺灣商務印書館，頁70-73。柯平編著（1997）。《英漢與漢英翻譯》。台北：書林，頁129-138。

8. 陳善偉（1991/1993）。〈翻譯理論探索〉（頁115-143）。錄於劉靖之編（1993）。《翻譯工作者手冊》。台北：臺灣商務印書館。

9. 唐君毅（1986）。《生命存在與心靈境界》。台北：台灣學生書局。

10. 唐君毅（1986）。〈泛論意義與觀照之意義〉、〈語言文字何以能表意義之問題〉（頁441-460）。於《生命存在與心靈境界》。台北：台灣學生書局。

11. 張寧譯。（2004）。〈人文科學論述中的結構、符號與遊戲〉。

（頁545-568）。錄於《書寫與差異》（*L'écriture et la différence*）。台北：麥田出版。

12. 張漢良。（1981）。《現代詩論衡》。台北：幼獅，頁129-31。

13. 施穎洲譯（2007）。《中英對照讀唐詩宋詞》（*Tang and Song Poetry: Chinese-English*）。台北：九歌，頁33。

14. 喬志高等口述（1979）。〈複數的表達〉（頁223-233）。錄於《翻譯因緣》。台北：翻譯天地雜誌社。

15. 余光中（1981）。〈從西而不化到西而化之〉（頁135-157）。錄於《分水嶺上——余光中評論文集》。台北：純文學出版社。

16. 湯廷池根據 Yoshimasa Ohashi 的書 *English Style: Grammatical and Semantic Approach* (1978)提出正式與非正式的區別原則，包含在〈英語的風格與體裁〉（1984: 321-374）。錄於《英語語法修辭十二講：從傳統到現代》。台北：臺灣 學生書局。

17. 曹逢甫（1998a）。〈從主題─評論的觀點看唐宋詩的句法與賞析（上）〉。《中外文 學》。193(6)，頁4-26。台北：台灣學生書局。

18. 曹逢甫（1998b）。〈從主題─評論的觀點看唐宋詩的句法與賞析（下）〉。《中外文學》。194(7)，頁58-92。台北：台灣學生書局。

19. 李德鳳編譯。《翻譯學導論：理論與實踐》（*Introducing Translation Studies: Theories and Application,* by Jeremy Munday, 2001）。香港：中文大學，2007。

20. 余光中，〈從西而不化到西而化之〉，《分水嶺上》，台北：純文學，1981。頁135-57。

21. 曹逢甫。〈中英文的句子 —— 某些基本語法差異的探討〉。《一九七九年亞太地區語言教學研討會論集》。台北：台灣學生

書局，1980。頁127-39。

22. 曹逢甫，〈從主題—評論的觀點看唐宋詩的句法與賞析（上）〉，《中外文學》，193期（1998年23. 6月），頁4-26。

23. 曹逢甫。《國語的句子與子句結構Sentence and Clause Structure in Chinese: A Functional Perspective》。台北：台灣學生書局，1990。

24. 陳善偉。〈翻譯理論探索〉。劉靖之主編。《翻譯工作者手冊》。台北：台灣商務印書館，1993。頁115-43。

25. 賴慈芸編譯。《翻譯教程：翻譯的原則與方法》（A Textbook of Translation, by Peter Newmark, 1988）。台北：培生，2005。

26. 劉靖之編。《翻譯：工作者手冊》。台北：台灣商務，1993。

## 【作者曾經獲得獎項】

1. 第五屆梁實秋文學獎：詩翻譯獎，行政院文建會及中華日報（1992）。

2. 第三屆梁實秋文學獎：散文創作獎，行政院文建會及中華日報（1990）。

## 【作者譯作】

1. 陳建民譯。2013。"Ten Poems Selected from Chien Chengchen's Paradise Lost, Translated by Chen Chienmin"（十首現代詩英譯，選自簡政珍《失樂園》）。《Renditions譯叢，No. 80》。香港：香港中文大學。2013年11月。

2. 陳建民譯。2010。《費瑞‧慕拉德（Ferid Murad）自傳》。1998年諾貝爾生理、醫學獎得主（The Nobel Prize Winner in Physiology or Medicine 1998）。

3. 陳建民譯。2010。〈印第安營〉海明威原著。收錄於《讀者反應閱讀法》簡政珍著。台北：文建會。2010年1月。

4. 陳建民譯。2008。《陳克華短詩選》（中譯英）。香港：銀河。2008年3月。

5. 陳建民譯。2008。《李進文短詩選》（中譯英）。香港：銀河。2008年3月。

6. 陳建民、孫維民譯。2008。《孫維民短詩選》（中譯英）。香港：銀河。2008年3月。

7. 陳建民譯。2004。《中流砥柱：倪柝聲傳》。金彌耳著。台北：中主。2004年6月。

8. 陳建民譯。2004。《淡水河》（畫冊英譯）。曹昌隆繪著。台北：曹氏宗親會。2004年10月。

9. 陳建民主持異象翻譯小組合譯。1981。《來自寂靜的星球》。C. S. Lewis著。台北：中主。1981年4月。

10. 陳建民譯。1979。《泣風》。台北：中主。1979年。

11. 陳建民譯。1980。《我心癡尋》。台北：中主。1980年2月。

12. 陳建民譯。1981。《天路歷程》。 台北：大光。1981年3月。

13. 陳建民譯。1978。《死亡九分鐘》。台北：中主。1978年2月。

14. 陳建民譯。1978。〈替身〉。台北：《校園雜誌》。1978年。

15. 陳建民譯。1976。《頂天立地》。台北：校園。1976年12月。

國家圖書館出版品預行編目資料

翻譯學：理論、策略、方法／陳建民著.
－－初版. －－臺北市：五南，2016.04
　　面；　公分
ISBN 978-957-11-8537-8（平裝）

1.翻譯學

811.7　　　　　　　　　　105002896

1XOT

# 翻譯學：理論、策略、方法

作　　　者－ 陳建民

發 行 人－ 楊榮川

總 編 輯－ 王翠華

主　　　編－ 朱曉蘋

封面設計－ 陳翰陞

出 版 者－ 五南圖書出版股份有限公司

地　　　址：106台北市大安區和平東路二段339號4樓

電　　　話：(02)2705-5066　　傳　　真：(02)2706-6100

網　　　址：http://www.wunan.com.tw

電子郵件：wunan@wunan.com.tw

劃撥帳號：01068953

戶　　　名：五南圖書出版股份有限公司

法律顧問　林勝安律師事務所　林勝安律師

出版日期　2016年4月初版一刷

定　　　價　新臺幣350元